愛情

Regent's

愛情詭話
Regent's

愛情詭話

Regent's

楊麗菁 著

序 小天使

還搞不清楚遊戲規則，是學長姊為了照顧學弟妹，社團聯誼以示歡迎之意？或是同學們彼此好玩的捉弄。收到第一封署名「你的小天使」的卡片，內容只是平常的問候，信末附上：永遠關心妳~妳的小天使，這樣一句話在久浸社會的現在，任何時候，怎樣也不會引起什麼莫名的感動吧！

最初，卻是那樣一陣暖流摻雜幾絲興奮，特別是當妳差不多猜出那歪斜字跡的主人是誰，又正巧感覺心儀！奇妙的是那青澀的情愫始終不會走味變調，即使爾後沒有發生戀情，各自男婚女嫁，互捎信息是在對方的喜宴上，眼底的接觸仍能察覺有股默契，是不曾說破、點明；不需證實、表白的，亦不帶半點曖昧。

事隔多年，翻出學生時代的照片一看，訝異發現每張大合照相片旁的身影老是同一個他，莞爾一笑，心滿意足。人家說當他默默喜歡著妳時，雖拙於言詞表達，人卻會用心的出現左右。

遺憾嘛！多多少少，畢竟是這麼好的男孩，難能可貴的是，十幾年來，不論在校園、出社會，他仍一貫的樸直。談不上羨慕他的妻，每個人都有各自要歷經的愛情、故事，但不禁佩服她的敢於追求以及好眼光；有時會想，如果那時兩人不是那麼害羞，是否即平順無波成就一段百年姻緣，改寫了前半生？那樣是好是壞呢？

應該算情竇初開吧！不然怎能有從少時持續至今，肯定還會保存到未來的鮮明印記。往後情路上的遇見又如何牽動著對愛情的看法？是相信愛人比被愛有福、被愛是幸福、真愛永遠、不在乎地久天長、只在乎曾經擁有、一切隨緣…其中，可能有一朝被蛇咬的警惕、愈挫愈勇的動力、滄桑歷盡的退縮⋯⋯或者，是不同階段更迭的想法。

都是好的。至少還留有錯過某某人的懷想，定格的畫面中，街道上兩人無拘的歡愉，電影院裡伴隨爆笑橋段的大笑失聲；縱使他的為人小奸小惡，仍然值得記憶。倘若連可堪紀念的定格都找不出、尋不著，只有嫌厭，至少該明白有些事、有些人勉強不來。

雖然還是不明白小天使遊戲到底在玩什麼！

愛情詭話

目次 CONTENTS

愛情詭話

詭話連篇

以愛之名

太習慣……
宿命地將愛情放在天平上
然而「愛」太沉重
人太渺小

還是可以做朋友

毫無預警的被情人要求分手，那瞬間撕裂的痛、歇斯底里的怒、無法理解的怨，扭曲了臉龐、打結了唇舌、刺痛了心扉，直搗裡層最脆弱的自尊。心碎了嗎？那樣寂寥微弱的聲音，無心的情人是聽不見的。

愛情令人美麗，線條柔軟，分手會痛，勉強去愛何嘗不苦！褪色的感情與殘存的溫柔，冰冷傷人的程度是一樣的。無論如何，早該從分分合合的戀曲中學會愛人、懂得關心、不吝付出；卻也有人學會冷酷，心腸轉硬，變得無情。

「美眉不要哭嘛！分手後…我們還是可以做朋友啊？！」急欲分手的一方不安的小心陪著。

「朋—友！你的意思是以後不用接送我，我們不必每天通電話？你要和誰交往都不關我的事，我也不該過問囉！」不想分手的人顫抖咆哮出聲。

「做回朋友，給彼此多點空間冷靜一下，以後還是有機會發展為男女朋友啊！」絞盡腦汁也找不到恰如其分的說詞。

「朋—友！都已經是男女朋友了，怎能若無其事變回朋友？」這一刻再沒有比「朋友」更尖銳刺耳的字眼。

「那妳的意思是以後不想見到我了？」或許不是本意，只是表達能力欠佳，此話一出，簡直給人順勢推舟、事不關己的殘忍。

「既然要分手，就不要拖泥帶水，分就分，什麼朋友不朋友的！」忍住直衝鼻頭的酸楚及難堪，任眼淚不爭氣地滴下，也不想再聽那些善意的謊言。

幾年後回過頭自我審視，不免覺得可笑，分手的場景不過是愛情裡來來去去的戲碼之一，人生如戲，少有不上演一番的，抓住了竅門，便不值得歇斯底里、耗費氣力，學到經驗，自能控制場面。

「妳為什麼不和我聯絡，打電話找妳都找不到人，妳到底怎麼了？」摸不著頭緒的人顯得焦急無助。

「我想…我們分手吧！」彷彿抽離場景的主角，冷靜的語氣連自己都想鼓掌叫好。

「為什麼！我對妳不夠好嗎？」已然受傷的主角，發出無力的吶喊。

「你對我很好，但是我們不適合。」只要夠冷靜，分手不需要太多牽強的理由。

「什麼叫不適合？難道妳和我在一起不快樂！」眼眶閃爍的

淚光，更證明這是一場困獸之鬥。

「你不要這麼難過嘛！我們…還是可以做朋友啊？！」多好用的一句台詞。

「我不願意！我是不是什麼地方惹妳不高興？告訴我，我一定會改。」像極記憶裡的咆哮聲，只是咆哮過後仍帶溫柔。

「你真的很好，我想…我們發展得太快了。」情場來去多年，發現一句更好用的推拖之辭。

「妳還是堅持只能再做普通朋友。」狠招一出，必定教對方氣弱。

「我需要時間調適。」多麼合情合理。

「我不能接受只做妳的朋友，我們已經是男女朋友了，我做不到。」困獸總有退出的時候。

經驗是最好的防護，回到從前，心碎了，還會不顧一切吞

藥殉情，立下毒誓永不戀愛，詛咒人家祖宗八代？算了。那碎裂的聲音，依然微渺，情人則已擁有忽視的能耐。

潰瘍

窒悶陽光下的午後，一手正拿著面紙輕巧的擦拭臉上的汗水，還來不及意識到另一隻也正準備推開Coffee Shop玻璃門的手，我和他的眼神已在瞬間交會，幾乎也在同一瞬間，兩人極有默契的收起吃驚的神色，擺開客氣、從容的笑臉。

「妳一個人？」他一派紳士地問。

「是啊！天氣太熱，進來吹吹冷氣、喝杯冰咖啡。」我卯足勁兒堆出明媚的笑。臉上的妝在小心翼翼按撫掉汗水、油光後，相信仍是一片完好，多虧平時就養成隨手整妝的好習慣，保養美容亦不落人後，否則哪來今日的容光煥發。

「一起坐吧！」他說。

有何不可！隨即我點了一杯冰拿鐵，他則在這樣的午後、浪漫的小店，點了一杯奇怪的熱牛奶。

十五、六年不見，算不上初戀情人，但輾轉糾結多年的老朋友見了面，不外乎聊些身家之類的俗套話。知道他還是王老五一個，身邊亦無論及婚嫁的女友，著實令我訝異。記憶中，成家立業，可是他人生計劃的大事一樁。

「一個三十七歲的單身漢、高級主管，在公司的處境真是尷尬，尤其是年終辦尾牙、聯歡活動的時候，年輕小伙子有女朋友作陪，各主管有家有眷，就我一個人形單影隻，連玩遊戲的伴都沒有，在人群裡顯得落寞又彆扭。」他搖搖頭一臉無奈，「還是妳命好，結婚得早，四十不到，小孩都大了。」

「還過得去啦！我先生是外商公司的二線經理，外商公司的確蠻注重員工的家庭狀況，你最好趕快替自己找個伴。」

聽說我先生在大公司任職，他的眼神除了先前得知我生過小孩卻仍保有少婦般風韻的驚豔外，又多了一份詫異。

嘿嘿！想不到我也有嫁給大公司高級主管的一天吧！

「嗯…說起來我和妳先生是同行呢！雖然他們公司是赫赫有名的小巨人，不過我負責的測試儀器部門，可說是業界的領導品牌。」說著，遞給我一張印著資深經理頭銜的名片。男人嘛！好像不亮出公司的大招牌，名片上少印個頭銜，就怕顯現不出自己的價值。

「你也很不錯啊！至少事業有成。」小小的恭維，讓他舒坦不少，笑容也自然了些，「怎麼！十幾年來都沒有遇到合適的對象嗎？」

「哎！我喜歡的人家看不上，喜歡我的不對味，好不容易碰到情投意合的，又礙於客觀因素錯失良機。」

四年前，他和一位女同事互有好感，卻因為對方有明顯的少年白以及深度近視的問題，令他裹足不前。

「這又不是不能克服的難題，頭髮可以染，近視眼也不是什麼惡疾啊！」我心裡真正想說的是這個男人實在太離譜了。

「妳說得沒錯，經過三個月的掙扎、考慮與自我調適，我總算接受了她的少年白。」三個月！掙扎？考慮？自我調適？說得自己很委屈、偉大似的。那位小姐應該當場甩掉他才對，竟然還給了他三個月的時間！換成其他女孩，有多少人能忍受尚未開始的愛情，就摻雜了幾許嫌棄。

「那應該沒問題啦！結果呢？」我假假的問。

「可是…」還有可是！

「可是什麼？」基本風度還是要顧。

「我一直無法克服近視眼的問題。」他幽幽地說。

「有那麼嚴重嗎？」我邊學阿扁兄邊默罵一聲爛人。

「當然，這和健康有關，娶老婆一定要找身體健康的…」

結果，當他再度請求對方給予一段時間想清楚，遭到斷然的拒絕，半年後女方嫁給了另一位喜歡幫她染髮、又願意呵護她健康的男同事，獨留他懊悔至今。

這叫做死性不改。

當初，同樣是因為他的小心計較，使兩人蹉跎數年，始終未嘗戀愛的酸甜苦辣。懵懂少女不明所以，困惑於曖昧混沌的情誼，備受煎熬。說是朋友，他的叮嚀、鼓勵、眼中流露的熾烈感覺，不曾稍減；做為一對戀人，彼此卻無共識。

停滯不動的感情狀態，足以腐蝕正盛的青春。

三年後，還是他的高中同學看不過去，跑來告訴我：「怪只怪妳沒考上大學。」才恍然大悟。

本來，第一年考不上，他心想，第二年重考就行了，沒想到我居然連考三年都陪榜，向來考場得意的他，怎麼都不相信、也無法理解，為什麼有人考了三次仍然考不上。

在我決定棄考的同時，他也做出放棄的抉擇。可笑的是，折騰了許久，我們根本沒有開始過，更談不上所謂的結束。

他之所以如此在乎能否考上大學，據了解是因為自認日後定會出人頭地，即使拚不到總經理的位置，起碼也能掙個經理、襄理做做，倘若別人問起他夫人的來歷，如何開得了口說是某某高中畢業的。一個人從天真浪漫的少年十五二十時，便以現實的眼光度量愛情，尚不懂得付出，就急忙清算可能的獲益，如今有這樣的境遇也是自找的。

「有時候，機會是不等人的。戀愛不能光靠旁觀、算計，要真正去談才知道有沒有。」忍不住說他幾句，算是出了一口憋在心底十多年的怨氣。

「妳說的是，難怪我一直覺得自己沒談過戀愛，尤其是四年前錯過一個好對象之後，到現在都沒有什麼機會。」他滿臉苦笑，一口氣喝乾了牛奶。

兩人臨別前，我想起什麼似的：

「咦？對了！你以前不是最愛喝黑咖啡，今天怎麼點了一杯熱牛奶？」

「因為工作太忙，飲食不正常，我得了胃潰瘍，咖啡！喝不得了。」

「…哦！那你要多保重，『健康』很重要。」

妳在期待什麼？

有時，青春的姿態是很難選擇、掌控的。愛情的樣貌不同，可以選擇、決定，不過常有人放棄自主的權利，隨波逐流。

年輕真好，煩惱也不少！比如說臉上冒出一粒接一粒的青春痘，照著鏡子對準斗大的膿包噗滋一擠，噴灑的黃汁與血水淹沒青春期的嬌嫩。粗大的毛孔、油膩的面頰、一長再長的痘子，教人不安地低了頭，半大不熟的臉蛋淨是一片黯淡。

偶爾，臉上的坑疤在公車上把人家的小孩嚇得嚎啕大哭不說，若好意還以歉赧的笑容，更惹得哭聲震天嘎響、旁人側目。另外，不論走到那兒，都有好心人士報偏方，靈芝、麥苗粉、灌腸…無所不有；馬路邊算命的見了都說是奇格異相。

「小孩子長痘痘沒關係啦！二十歲就好了，像我~呵呵~現在想長也長不出來。」隔壁大嬸稀鬆平常的說。

滿心期待青春期一過，順道帶走青春痘…十五年過去了，臉上痘痘依舊昌盛，長到無處可長，連下眼圈的那兩塊淨土都會發痘。

「不要緊的，等妳交了男朋友，『那個』過後，陰陽調和，就不會長了。」同事好心的說。

又過了五年，男朋友交「過」幾個，情況亦不見改善。

「妳放心，生完小孩體質就會改變，不會再長青春痘了啦！」老媽搬出壓箱底的安慰。

這些青春痘，或許有時間和機會等待膚質改善、體質變化，但總不至於為了除痘，時候未到便跑去生小孩好獲得驗證吧！

其實，長痘關乎個人面子，怎樣驗證都無妨，只要注意衛

生、安全。不過有人拿愛情、婚姻做驗證。

即使婚前就知道對方是個不體貼的自私鬼，卻相信過來人說的：

「男人還沒結婚以前都是這樣啦！玩心重、不負責任；結了婚，有了老婆、小孩，自然會變得比較顧家。」

明明不喜歡一個小氣吝嗇的男人，又被老人家的箴言說動了：

「結婚後就不會小氣了，那是因為妳現在不是他什麼人嘛！小氣好，守得住財富，太大方的男人才不好，那表示他也會對老婆以外的女人大方，容易出軌啦！」

過來人的經驗談固然可貴，但並不適用於每個男人，也不是每個女人都那麼幸運，能夠遇到轉型成功又顧家貼心的男人。期待落空的時候，婚姻非但不是共同期待的港灣，反而成了勞碌瑣碎的制度。

並不意外的，演奏完結婚進行曲，生活就在上班、煮飯、洗衣、帶小孩、打掃…中運轉，一切似乎和那原本自私小氣但富有的另一半無關，他連請個菲傭幫忙分擔家務也不願意，並未見對方有何結婚後就會變得怎樣的跡象。

不小心看到別的男人天經地義呵護老婆的模樣，疲累的女人，孤獨的身心，已沒有羨慕的力氣，那是一種奢侈的想像，除了告訴已夠堅強的自己要堅強，又能如何？

青春痘不是不能根治，偏方亦非全然無用，但是呀！一個滿臉青春痘的人，臉上塗著敷劑，嘴裡含有靈芝，卻每晚熬夜、睡眠不足，加上戒不掉的花生糖、鹹酥雞，任何有效的偏方都得不到驗證。

愛情磚

愛情的開端，往往是極單純的認定與喜歡，戀人們亦深深相信這樣的力量，足可衝破所有險阻，天真地以為故事會按照我們的想像發展。衝不破、闖不過的，是否就成了別人口中的弱者？

一開始，你我的夢也好美，不論置身何處，我都確信你的心是最終的依歸。你等不及地帶我去見你的父母，我有受重視的喜悅，卻有更多的忐忑不安，自認不懂討長輩歡心是一個原因，你的家世背景和你們家那棟豪宅才是崁在心頭的一塊陰影。

踏進豪門深院的第一步，一股壓迫感就逼得我喘不過氣，那大廳氣派金雕的場面，和一般小康家庭溫馨雅致的質地截然不同。迎接我的是你父母、姊姊打量的神色。

「妳一個人在台北生活，不簡單哪！」剛剛坐定，伯母便開了口。

「沒有啦！還好。」我生硬地答道。

「聽說妳在台北一路唸完碩士，家裡環境不錯喔！這樣地栽培妳。」

「我是靠半工半讀完成學業，家裡小孩多，父母很辛苦。」

「哦~」這一聲拉得老長。

哦的我很火大。雖然我沒有了不得的家世，擺不出什麼高姿態，但不表示自食其力該被人看輕。我無奈地轉頭看著你的父親和姊姊，他們雖未發表意見，眼裡也是一片淡漠。

「我兒子好像比妳小兩歲吧！」話鋒瞬間轉利。

「嗯！」我何嘗不知道這也是兩人交往的障礙。

「妳得多包容他。」聽起來誠懇。

「當然。」理該如此。

接下來是一陣尷尬的沉默。

「以後我們還要讓他唸博士呢！」你母親邊說邊揚起一聲聽來毛聳的笑。

我無力理會你的家人，也從不願參與你的家庭聚會，只求彼此能堅守這段戀情。

這成了你最合理的藉口，反正你父母本來就不喜歡我，門當戶對的觀念無論如何都難以自中國人的世界根除。

咱！咱！狠狠給了你兩巴掌。

為—什—麼？

只因那個女孩是你父母介紹的？你這個斷不了奶的傢伙。

怎麼能怪你！你的年紀不算小，但富裕的家境，使你至今尚未自立啊！

或許我們真的不相配，別人愛情故事裡冒險犯難的神話，我倆終究無法跨越，或許等自己有了足夠的愛人與被愛的能力，當能拋磚敲開一道道的門檻。

校花

「以後我一定要嫁給有錢人，即使年紀有點大也無所謂。」

深夜從台灣打來的長途電話，捎來初戀女友月底結婚的消息；來不及做出什麼反應，半醒半夢中，率先浮現的是昔日她粉嫩臉孔，天使笑意，俏皮菱嘴裡吐出的話語，極不浪漫。才十六歲呢！腦子「清楚」得教同齡男生招架不住，以為她愛說笑。

「你還好吧！」同窗死黨陪著小心問道，我心裡忍不住罵了句「白痴廢話」！

「對方是怎樣的人？」

「不意外的，憑她的條件想嫁個有錢人當少奶奶並不困難。」

「嗯…有錢人就是了。」

「算是嫁入豪門啦！聽說離過婚，但年紀不大，比我們多個

三、四歲。」

不壞嘛！起碼沒嫁個髮禿肚肥的老男人。

「你要回來參加婚禮嗎？高中同學她沒邀請幾個，倒是特別問到了你的意願。」

「再看看……」

初戀情人是校花，她那花樣的嬌甜過了十幾年依然刻印在心，因為都是彼此的初戀吧！每天，走在她身邊，一旁的蒼蠅、青蛙，眼珠像要爆出血似的，要不就傻愣愣盯著她，跌倒、撞壁的動作笑鬧劇經常上演。

「哎喲！校花穩穩被你把著，算你狠。」一些膚淺的男子看到的只是校花的光環，並不能真正感受到她同樣甜美的性情。

她真美，肌膚細緻無瑕，雙眼大而清亮，鼻子輕巧可人，一對小虎牙，隨著笑容忽隱忽現，身材纖細勻稱，難得的是她溫暖友善的性情，總是笑容迎人，不道是非、不論長短。女同學雖然豔羨，卻不排斥她。

知道她喜歡陽光男孩，於是在籃球場上賣力奔跑，只為陽光下她閃閃誘人的虎牙與酒窩。郎才女貌是我們的形容詞。純純的初戀也維持了三年。

上了大學她仍是燦爛奪目的校花，開始上妝、畫眉形、塗睫毛，她不知道粉底的色澤詆損了她的天生麗質，睫毛膏減緩了她的明眸亮采，不清楚是否這一些化學成份隔閡了我們。

問她，嘴邊笑意依舊，但變得公式化；她的笑容裡只剩下距離，成了一團美麗的迷霧。跑去她家等，應門的是她高貴、妝扮彷如五〇年代巨星的母親。

「年輕人，長得帥又高有啥用，人要向前看，你得想清楚，我女兒不會再浪費時間談這種風花雪月的小情小愛了。」接下來的劇情沒有灑狗血、痛不欲生的發展，就這麼淡了散了，僅在心裡留下一抹她揮不去的甜。

後來才弄明白，她母親所指的是「錢」途。而她十九歲認識了現在的丈夫，便開始學習上流社會的應對禮儀，像同學會這類平民百姓的活動不可能再參加了；聽說，結婚前半年，還得到準夫家「實習」，學煮三餐，打理家務。

「她不是嫁入豪門嗎？為什麼不請傭人做！」我在電話那頭大叫出聲。

「台灣傳統的有錢人不喜歡請傭人，可能是謀財害命的事聽多了，家事最好媳婦自己來。這可苦了我們校花，據她對同學吐苦水說，光是早餐就要做兩種，公婆吃清粥小菜，老公要土司火腿。」這算哪門子的豪門！

看看自己，十幾年過去，雖沒有豪門小開的規模，從矽谷鍍了科技新貴的身份，婚姻市場也還搶手。

台北遠企盤旋而上的樓梯，佈滿粉彩汽球，鮮花、緞帶，現場熱鬧哄哄，除了達官政要蒞臨，來捧場的大牌紅星亦不少，顯示男方家世的份量。擁擠人群遮住了急欲一睹的婚紗照，悻然穿過走廊人群，思忖著要不要到新娘房間敘舊，或是給了禮金就走人；該說幸運嘛！因為男方離過婚，受邀者都不必包紅包。

腳步仍在猶疑，隨即被眼尖的同學一把拉去喜宴廳坐著。受邀的同學不到十個，不起眼的坐在最後一桌。仔細環顧四周，並沒有發現其他女方友人的宴客桌。

席間，大夥心知肚明地聊著無關緊要的話題。

新郎、新娘敬酒了，校花她那形影高貴的母親與公職退休的父親，小心翼翼地跟在親家後頭，態度幾近卑微。校花客氣得宜地感謝大家來參加婚禮，微笑取代以往的燦笑。我們的眼神沒有交集，初戀男友的實體在她的笑容裡是空氣，連她母親也對這當了她女兒三年的前男友視而不見。

不對！她笑容裡的閃亮呢？她……虎牙居然整平了！莫非有虎牙的女人不能嫁入豪門。她老公也笑了，露出一嘴吃檳榔的紅牙，同時間，輕浮的眼神竟飄向同桌衣服穿得緊繃的女同學。

此刻，有誰會心疼校花曾經尖巧玲瓏的小虎牙！

容易哄的女人

自從小碧結了婚，「關心」她的人忽然多起來囉！還有好心人常常給她通風報信。

「小碧，有件事問妳…會不會不好意思呀！昨天看到妳一個人散步，巧得很，我老公在外面遇到妳老公耶！」隔壁黃太太睜圓著眼，似笑非笑。

「喔…我先生昨天有說要陪客戶喝酒應酬，黃先生在酒廊遇到他了嗎？」

「陳太太…我跟妳說，妳千萬別想太多，那天在忠孝東路上，我看到妳老公和一個年輕小姐走在一起，好像…很熟的樣子。」三樓的張小姐神秘兮兮的。

「哦！那位小姐是不是高高瘦瘦、中長直髮…是我先生的專案經理啦！他們應該是去和客戶提案吧！」

「小碧，妳老公長得一表人才，要小心！」三不五時就有人耳提面命。

很自然的，選擇了一個外型好、有潛力的人戀愛、結婚，所承受的不僅僅是自己的不確定感及擔心憂慮，更多的是外頭湊熱鬧的、預期心理的、杞人憂天的壓力。

外面的風風雨雨、繪聲繪影要不要聽信呢！聽了信了，得不到證實，徒增煩惱；蒙上眼、摀住耳，難保真的不會發生什麼，患得患失。

「哎喲！小碧不是我說妳，女人懂得睜一隻眼閉一隻眼是好事，不過，老公該管的時候要管，該鬧的時候要會鬧，做人太溫順會被欺負。」

小倆口相識相戀到結婚少說七、八年了，怎麼沒鬧鬧小脾氣！鬧的最凶最拗的一次，是讓公司同事看到他的摩托車載了一個美眉，「狀甚親密」。

「你說，她是不是抱著你，你是不是另結新歡？」

「妳也幫幫忙，是公司的小妹啦！我只是載她去郵局寄信。」

「我是問你，她到底有沒有抱著你的腰！」

「我哪裡會注意這種事嘛？哎…沒有啦！」

「那為什麼人家說你們『狀甚親密』？」

「哪些長舌公和八婆說的？騎機車就那麼回事兒呀！」

「……」

「我們將來是會結婚的，妳是要相信我，還是相信一干閒雜人哩？別氣了，大不了以後不載女生了…」看他又勸又哄，唱作俱佳，小碧忍不住笑意，才化開僵局。

「妳老公不錯了，認識那麼久還肯哄妳，我的男朋友才交往兩個月，連哄都不哄囉！偶爾耍耍大小姐脾氣，他就沒好氣的叫嚷『又來了，妳又來了，我不喜歡不識大體的女人……』什麼跟什麼呀！我就是對他太客氣、太賢慧了，才輪到他端架子、擺臉色欺負我。」同事張小姐倒說的中肯。

「所以囉！趁著老公還肯哄哄我，也別太計較了。」

「但是要注意喲……哄久了就會變成騙，哄騙不分家的，妳也別那麼容易哄……」

建言聽多了，說不想東煩西是騙人的，只是想得太多、不切實際，傷和氣更苦自己，到底多是捕風捉影的事，何以將全副心力用來疑心！

「愛要相互信任，不是一句歌詞唱唱或口號說說的，知易行難呀！但選擇信任會讓人比較寬心。」小碧說。況且，要一個人不去相信一起過日子的親密伴侶何等殘酷！

至於哄的那方是否心口如一，內心總會有真正的聲音及感受，容易哄尚且願意被哄的女人，是神經大條也好，粉飾太平也罷，其實是幸福的。

飛越迷情

都怪她名叫林離，不然怎樣也料想不到，自己的初戀會發生在太平洋的彼岸。

「妳註定要飛到我身邊的。」這個從小到大被人認為浪漫詩意的姓名，原來是冥冥中的宿命呀！

不可思議的是，那個鼓動林離一顆心小鹿亂撞的人，還相知尚淺，而她竟隨著飄洋過海而去。自認平凡無奇的林離，甚至還沒出過國呢！僅僅是想像一下都不禁為這樣的大膽感到心驚。說是愛情的魔力使然，兩人之間尚未真正開始；為了遊學散心，只是一個好聽的理由，心裡清楚得很，那是為了追尋不曾擁有，卻渴盼已久的情夢。

第一次離家便飛往美國，衝擊不算小，遑論尚且要面對未來戀情的考驗，外加一筆幾乎會花光所有積蓄的旅費，以及工作年資泡湯的問題。好盲目哦！但林離未曾遲疑。

臨行前，不少人試圖勸阻這項「壯舉」，朋友們對美國的ABC有著花蝴蝶的印象，恣意享受身邊每個女人對你的好，從不加以推拒，彷若是個萬人迷。大家又說，在國外長大的人，就像影集「飛越比佛利」裡面的俊男美女一樣，戀愛關係盤根糾結，這一刻的深情固然真切，要變也是眨眼間；更何況要女孩家放下工作、散盡錢財跑到美國去！

種種疑慮林離並非不知，可卻無力抗拒遠方男人一句句的「我愛妳」、「想和妳一起慢慢變老」、「別讓我想妳想得太痛苦」……在歷經愛情陣仗的人耳裡聽來，想必會認為那不過是一些花言巧語，對一個從沒愛過的女人而言，無疑是最甜的情話。

「不是我太天真，如果一開始就抱持悲觀的態度，那麼，還有什麼未來可以期待？我不願才萌芽的情感就被蒙上一層晦暗啊！我不清楚自己有多少能耐足以承擔可能的後果，只想試試愛人和被愛的滋味，就算會流淚、會心碎，也不後悔。」

渴望初戀的心情，雖有點傻，至少值得同情吧！

從相見到相識，林離和大多數同事一樣，只知道ABC是老闆的親戚，趁著休假回台灣幫忙公司安裝電腦，並擔任員工的教育訓練顧問，並未動心。當幾乎所有的內勤人員紛紛傾心於他，林離還覺得好笑，心想大概是整間辦公室沒個像樣的男人，才導致這番局面吧！

沒想到ABC竟對林離展開柔情攻勢，每一次迎面而來的深情注視，都教人怦然心跳、招架不住。

「在我眼裡，妳是個美麗又可愛的女人，我對妳的感覺，套

句中國成語來說就是『情有獨鍾』。」瘸腳中文說出的恭維更顯誠意。

對一個自認庸碌的三十歲女人，二流貿易公司的小秘書，領的是餓不死人的薪水，沒有成熟嫵媚的丰韻，談不上豐富的人生閱歷，甚至已不知如何作夢，只求公司不要倒閉發不出薪水就好，怎是平凡二字足以形容，至於愛情的歷練更是少的可憐，說是潔身自愛、寧缺勿濫都顯得牽強，根本沒人追嘛！而面對他的噓寒問暖、夜夜熱線，心防怎能不被攻克、擄獲？再說，有個時時關懷自己會不會餓著、凍著、開不開心的人相伴，滋味真是太美妙了，短短三個月的時光，林離整個人好像重新活過一樣。

只是，她一點也不明白，男人的熱情來得急，冷卻得也快，實在不懂啊！為什麼當自己把一顆心毫無保留的交出之後，眼前的男人完全變了樣。

她以為自己會怨。

連一絲絲也沒有，即使想到了還是忍不住要落淚。畢竟曾有人帶給她夢想與歡笑。

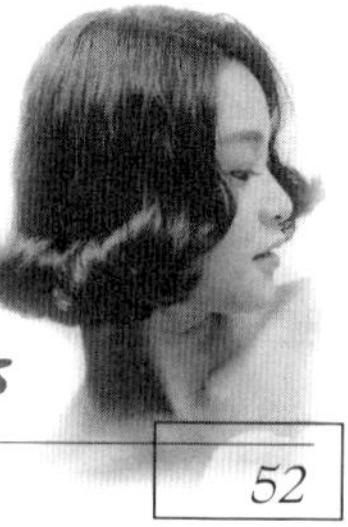

他們

能被男友喚做溫溫，大體具備了好女人的條件吧！像是長得皓齒明眸，說起話來輕聲細語，一手好廚藝，安穩的秘書工作，以男方的意見為意見，興趣為興趣；習慣守候對方的延遲，不怨不吵，在沒有約定的假日裡，定性枯坐在家，等待或許突然響起的電話鈴聲。

想不明白的是，愛情並未因為好的標準或是悉心配合而長久，說得真切些，溫溫老是那被欺叛的一方。

「妳呀！被吃得死死，一味地寵男人他不一定感念在心的。」

「對自己好一點吧！」

「男人雖然喜歡享受被女人照顧、伺候的溫柔，但太沒個性的人容易讓人倦膩。」朋友早就苦口婆心的勸著。不過，面對愛情，溫溫自有一套遵循傳統的想法與做法。

「我只管對他好，我不奢求回報，久了他就會感動的吧！他終究會知道誰是世界上對他最好並且值得珍惜的女孩；我相信，要維持一段關係，總要有一方願意擔綱配合的角色才行呀！我樂意做他身旁一朵默默付出、永遠支持的解語花。我也相信，愛情若發生質變，一定是自己哪裡做得不夠、不好，應該自我反省反省。」

這樣一個標準女孩，雖然戀情來去匆匆，倒一直不乏異性追求，現在結識的男友，不論外型、學歷、工作、談吐、氣質⋯⋯皆足使人迷；唯一的遺憾是太忙了，談不完的公事與應酬切割了相聚的時間。

「但是他很窩心喲！不管去哪裡、和誰吃飯都會清清楚楚的向我報告，所以我更應該信任他，讓他沒有後顧之憂地去發展事業。」

是該放心、安心呀！

「溫溫，今天某某公司的總監約我吃飯，他找我好多次了，不去不好意思，吃完飯可能一起喝個茶，妳不要等我電話了，先睡喔！乖乖。」

「煩哪！晚上要陪客戶打撞球，他指名我一定要去，沒辦法，誰教妳男朋友撞球打得最好，今晚不和妳約囉！」

「昨天朋友臨時來找我，說半夜想釣蝦，他大老遠從南部跑來找我，不招呼一下不好意思啦！晚上手機又沒電了，不方便打電話給妳，不要生氣喔！」

「…………」

溫溫笑他三八，這有什麼好生氣的？他的女友可是全天下最善體人意的女生呢！況且，陪客戶吃飯、喝茶、打撞球很正當啊!和老朋友聚聚更是天經地義。

不過，那天中午順路找他吃飯，在他上洗手間時幫忙接了一通手機後，溫溫笑不出來了。

「他不在啊!妳是助理嗎?麻煩轉告他某某總監有事找他，謝了，Bye!」清脆明快的女聲劃過聽筒。

他回到座位，看見沒有溫柔表情的解語花。

「那個總監是女的呀?」

「呃…嗯…」

「和你一起打撞球的該不會也是女的吧!」溫溫的語調冷得像冰霜。

「客戶一定要找我，沒辦法啊!」他提高的聲調中不免有幾絲虛弱。

「所以，和你釣了一整夜蝦子的，該是你的紅顏知己囉!」

「朋…友嘛！」

「你可以帶我一起招呼『他』呀！你為什麼不告訴我他們…他們都是女的！」

「我什麼事都有告訴妳啊！妳幹嘛亂發我的脾氣。」

「反正…他們都是女的！」溫溫搖搖頭。

為什麼做得那麼多，得不到真誠、坦白的對待？或許所謂的不奢求回報，其實正是最大的奢求——求那永久的感動、永遠的愛情。

公關

不得不承認，在眾人面前的我們是令人稱羨的。被逗樂的咯咯笑聲自然流露，不時傳出。每一次妳自以為不著痕跡注視他的眼光，眼裡的熾熱，流轉的羨慕，都看在眼底呢！

並不是說在人前的歡笑聲是假，但也不能說是完完全全的真。沒錯，大半時候妳看到他專注在情人身上的神情，貼心親暱的張羅茶水飯菜，率性調皮地勾動容顏喜怒，斷續瞬間喜極的情緒是百分之百的；其餘的時候，別人看不見了的空間，倒疏離得很。

若說是大眾情人的典範，不如讚美他是個好公關。

妳以為擁有這樣的男人，最該煩惱的是花心問題，很正常的聯想。難得的是，他面孔俊帥、身材挺拔、學經歷不俗，身邊覬覦的目光雖多，還懂得潔身自愛，專情的像日劇、韓劇的小生。

既然是一流的公關，不管是不是發自真性情，總不願留下輕浮亂搞的花花公子形象。

或許以妳這樣的距離旁觀之，遇上條件、品性如他者夫復何求？且誰不知妳傾心於他久矣！的確，肉眼所見的他有什麼可挑剔的？做為他的伴侶，擁有十足的面子，讓其他有男朋友、有老公的、寂寞芳心的女人，打從心眼裡羨慕自己擁有一個出眾週到的情人。

他做人是週到啊！撇開較親密的父母、情人不說！出國出差，該買該送的禮物，就要費上幾天的功夫設想、安排，連八竿子牽扯不到邊的，別的部門的助理都有份兒。

雖然他樂意在公開場合對情人呵護備至，但如果妳能像同事的老婆、女友一樣蹲在KTV包廂餐桌旁辛勤地收拾整理，會讓他更有面子。

人前，他談笑風聲、處處週到；人後，沉默寡言、事事被動，所在意的，無非是有沒有怠慢了什麼人，哪怕是主管不知從酒店，還是舞廳找來作陪，根本不認識的女伴。

「我覺得妳不太理人家耶！她好像玩得不太高興，這樣不好，容易得罪人。」

就是如此！他不管妳玩得高不高興，卻關心起毫不相干的人。

這叫做人吧！既是做人，難免表裡不一。私下，他也不是什麼奸險邪惡之徒，只是個習慣冷漠，善於忽略的情人罷了。他不會關心妳現在做什麼、想什麼、喜歡什麼，甚至不曾陪妳做過妳自己的事。有時，氣不過他對外人體貼有禮，厚此薄

彼，仍辯駁不過他搬出的大道理。

「對外人和自己人本來就不同嘛！對別人好是做給人家看的，留一個好印象，這樣不對嗎？那是人情世故。我是把你當自己人，所以才不來那一套。」

挺冠冕堂皇的。那麼，應該暗自竊喜才對喔！

因為是自己人，所以不需要用心，因為是自己人，疏忽不要緊，要緊的是表面的和諧與匹配，博得的羨慕眼光、光彩門面；愛情的型式也可以做為公關的工具。

大媽

大媽手舉候選人競選的旗幟，夾雜在聲勢鼎沸的人群中，同樣賣力地揮舞著雙手，節奏一致地高聲吶喊：「凍蒜、凍蒜」。向來對選舉不聞不問的人，不知從哪兒冒出來的選舉細胞！

「這次一定要讓我們的候選人當選啦！我阿娜答的按摩院能不能開張，就靠這個黨能不能再執政了。」原來大媽巴望嚴格掃蕩色情的執政團隊一下台，老當家光復故土後，色情行業又能恢復以往的榮景。卻不知算盤打得太天真。除非新當家的四年後再也不作官，不然誰會笨到將前人好不容易掃掉的春色，一上任就給破功，拿磚塊砸自己的腳。時局不同囉！

大媽的阿娜答開的按摩院是唬人的，真正做的就是色情指油壓，過去因為在住宅區營業，遭到斷水斷電、罰款，不得繼

續經營的命運。大媽跟著這樣的江湖人物，學得市儈、城府夠深，但腦筋是一天比一天不清楚。

大媽之所以有這麼一個親切隨和的外號，是因為打從學生時代註冊商標的爽朗性情、拔尖笑聲。儘管身材圓胖，滿臉疊疊層層、長了再長的痘痘、暗瘡，一點也不影響大媽的好人緣，或許是不盡理想的外表，自然而然地讓她變成撫慰的傾聽者。

當然，總有一些人喜歡拿她的外表大作文章，不論是純屬玩笑，甚或惡意取笑，大媽從不介意，每每笑得比誰都大聲。是真自信還是很自卑，常是同學私下討論的話題，但誰也無法從一派親和的大媽身上看出究竟，她真正的內心世界其實遠遠隔離在笑聲之外。

唯一讓大媽苦惱的仍不脫少女情懷的愛戀。別以為她表面一副大剌剌的樣子，感情的事，早熟得很。偏偏一直是郎無情，妹又會錯意。糟糕的是，大媽老是喜歡暗戀白馬王子型的帥哥，這也就罷了，明明對方一點意思都沒有，她卻煞有其事地認定王子在偷看她，認真的臉孔教旁人分不清是在說笑還是陳述事實。

大媽一直天真過度，因此一路走來，遭受許多男人的嘲諷。畢業後，大媽索性埋首工作、努力賺錢。期間雖仍傳出大媽硬指男同事暗戀她，導致男方倉皇離職的烏龍事件，但務實打拚的工作態度，讓大媽很快的成了小富婆一個。

或許是太渴望異性的青睞，當第一任男友主動追求她，任周遭所有雙眼健全的人都看出對方意圖不軌，大媽仍奮不顧身，即使被借了數十萬元，連自己也不好意思透露正確數目，還是乖乖的聽其擺佈，直到男子回到前女友的懷抱，不想再擺佈她。錢，自然是有去無回。

大媽似乎很難拒絕男人，男人一開口借錢，她就像著魔般自動走到提款機領錢給人家，結果落得給錢的反而得罪借錢的。大媽大方嗎？是的，對男人而言。好朋友想向她「調」個錢，沒門。

這回好不容易遇到一個真心對待但落魄的老男人，大媽更是死心塌地的付出。剛認識的時候，大媽心中是竊喜的，男人平常出手大方，「據說」手上戴的鑽錶少說要五、六百萬。

「我走了什麼好運道啊！」大媽一向羨慕能被男人豢養的女人，沒想到這種好運會降臨在她身上。反正人家說她就信。隨便一個人跳出來說自己有百億身價，她也深信不移。

落魄的男人確實對大媽不壞，買了一隻勞力士錶及一只不太閃亮的鑽戒送她，雖然修錶時發現勞力士是假的。畢竟是沒有專長的人，沒多久，吃的、穿的、住的全靠小他二十來歲的大媽。

終究事與願違！

選舉過後，理想候選人執政一年過去了，大媽步入三十，算是想透徹些，認清凡事只能靠自己的事實。男方難以見容於世俗的背景，使得大媽陷入畸戀，然而眼前及長久以來都罕有異性追求，並沒有選擇的餘地！她不想過沒有男人的日子；只是對於男人，大媽註定沒有決定權。

負責的男人

剛開始，這樣一個高大英挺的男子挨在身邊頻頻問著：

「以後妳更了解我，一定就不喜歡我、不愛我了。」雄性的撒嬌倍增蜜意濃情。

「如果我四十歲中風了，妳會不會照顧我？妳一定會把半身不遂的我一腳踢開吧！」已經不是第一次問這個問題了，臉上的表情半正經半調情，像是未來生命裡必然的遭遇。

「不會啦！我會把你送到安養院。記得賺夠錢，好讓我幫你挑間設備好的。」單純的玩笑話，竟讓男人陽剛的臉部線條黯淡起來。

「我就知道妳不是很愛我。」連嘴唇都委屈的嘟著。

這才意識到不只是一句句的撒嬌啊！真實反映的是極度缺乏安全感的男人。

「我的意思是說…把你送到好一點的安養院做復健，有專業人員看護，我才可以努力工作，賺錢照顧你呀！」轉得真硬。

「才怪！我真的很擔心飛來橫禍，妳知道嗎？日本好多男人中年失業，每天還穿西裝打領帶假裝去上班，整天在外頭像個遊魂，卻不敢讓老婆知道，我怕自己有一天會走到那一步。」如此善感令人心疼。

「不會啦！你現在的工作不錯，薪水也算多，好好理財為將來做準備就不用擔心受怕了！放心，如果你真的怎樣了，我一定每天到安養院看你，幫你做復健，保證不會趁你半身不遂的時候非禮你！」雖然不是心裡真正想聽到的答案─不管是窮是病都不離不棄之類的話，總算被逗得露出孩子氣的笑顏。看來是一個既沒有安全感又多愁易感的男人，那麼何不一起努力搏感情、存基金！於是欣然訂下儲蓄投資計劃，心滿意足靜待美好的未來。

但是，半年、一年過去了，兩個人的計劃始終不見對方有何作為，仍然只有耳畔「如果我中風了、如果我中年失業了妳會怎樣……」的呻吟；凡夫俗子所煩惱的事，其實百分之九十是不會發生、毋須苦惱的，庸人自擾的成份居多。

「如果我四十歲中風了，妳還愛不愛我……」挨在身旁的雄性撒嬌聽多了嫌乏膩。

「能不能說點有建設性的話或做點實際的事。」輕輕移動身體，盡可能控制住容易傷害男性脆弱自尊心的語調。

「生氣啦！妳不覺得這是一種負責的想法、未雨綢繆的準備？」呵～真是不合常理的詭辯。

「我的同事小李說，結婚前他會努力存個一、兩百萬，以後發生什麼意外可以做個小生意，照顧妻小；我們公司的快遞小弟還說，如果結了婚真的失業了，他會去開計程車或是打零工照顧家庭。」負責二字不是用來掛嘴巴的。

臉色一沉，收起被刺傷的自尊，男人不再撒嬌了。

負責，負什麼責？打從剛認識，與舊愛新歡的糾葛、懦弱，就不敢負起責任；之後說過的承諾、訂定的計劃，沒有一樣做到或兌現。

「我懂你了，情人的確容易因為了解而分開。」早該有自知之明的吧！

負責，說的比唱的好聽喲！

負責的女人

「我要對自己的家庭、小孩負責！」鼻斷臉青、皮破瘀傷，不忍卒睹的女人臉上，流露出異常的堅毅表情。

說到她的老公真是難得，吃喝嫖賭外加打老婆樣樣在行。他倆的小孩常在玩得起勁兒的時候，聽到隔壁叔叔、阿姨的叫喚：

「你爸爸又在打你媽媽了，你們還在玩！」

這不是小孩編演出的家庭悲劇，卻無法選擇於戲中缺席。

老大是個品學兼優的女孩子，身體和腦袋瓜因為經常替勇敢負責的母親挨木棍，體質孱弱，偏頭痛的毛病一直好不了；弟妹年紀還小，似懂非懂，不過常常夢見父親拿刀殺死母親。

鄰人見她臉上、身上老是傷痕累累、斷骨傷腿，怵目驚心的，雖然大夥都是結了婚的人，多少有著勸合不勸離的心態，仍忍不住勸她想個辦法改善現況。

「如果對他還有感情，那就一起努力，看看怎麼相處？」

「哎喲！妳老公在外頭找女人、養小老婆不說，連良家婦女都要調戲，妳能忍受喔？你還愛他呀！女人再怎麼苦，也不願意和別的女人共享老公。」

什麼愛不愛的問題？她沒有想太多，應該是愛啦！不然不會嫁給他、幫他生小孩，老夫老妻了，生活不就是老公、小孩、煮飯、洗衣、燒飯……

「反正，我把家裡顧好就是了，他要打……就讓他打啊！」

「不好啦！對小孩子傷害很大的，讓小孩子看到暴力血腥的畫面，心裡一輩子都會有陰影。」

「我這樣忍耐，就是為了小孩，不忍心小孩家庭破碎啊！」

有責任感的女人話說得如此正義凜然。她們被打慣了，不怕慣了，便以為是世界運轉的常態。就這樣被打啊！皮肉之苦

換得一個家庭名義上的完整是可以忍受的吧！

想當初未婚懷孕，她選擇「勇敢負責」的生下小孩，算準公婆不會讓自家子孫流落在外的傳統觀念，挺著五個月的肚子順利結了婚，有了正正當當的名份，夫復何求？十幾年的婚姻，拳打腳踢、外人側目的日子，她後悔嗎？那倒不會。在她的價值觀裡，依循結婚、生子、從一而終的生命軌跡是身為女人最重要且唯一的使命。

「誰的生活沒有一點不開心嘛！」

該佩服她的樂觀呵？要不是夫妻打罵聲驚擾街坊，引來鄰居雞婆相勸，她才不會同三姑六婆多說半句，家醜怎好外揚！

被揍得受不了，她便又哭又叫地對孩子們喊話：

「你們都看到了，爸爸是怎麼對媽媽的，以後一定要有出息，好好孝順媽媽，聽到了沒！媽媽這麼慘都是為了你們，知道嗎？」

孩子們瑟縮一團，但只能眼睜睜看著一場又一場的全武行上演，報警和請求鄰居幫忙是不被母親允許的；在頻繁、固定的暴風圈中，習慣毆打、血腥、叫罵、止血、上藥、療傷的循環。好保全大人那沒有愛的名份，從一而終的堅持，負責的執著。

愛情詭話

愛上什麼樣的一個人？

WHO KNOWS?

在I DO之前 之後

終究躲不過詭譎多變的捉弄……

女人的平均值

「說實話，第一眼看到妳的感覺是——妳、太、矮了！」男人先是欠欠身，報以欲言又止的微笑，然後不吐不快似的對還在溫熱懷裡的女人下此評論。

是啊！比起一六八、一七〇的長腿美眉，一六〇的身高的確不夠看；嫌太—矮—了，以東方女性的標準，未免苛刻了些。

「不過~」他手指輕刮過細緻的胴體，接著說：「妳的平均值很高。」這口氣聽起來像是給了她無限恩寵與賞識一樣。她沒有答應什麼，臉上掛著淡然的笑。反正眼前的男人只是滿足一己私慾的工具，用過即可拋，對於他的言論、主張，不須產生任何型式的認真。倒是他興致不減，口沫橫飛地發表了一連串的「女人價值論」。

「男人啊！雖然喜歡長得漂亮的女人，但除了好看的臉蛋，若皮膚不夠好、三圍該有的沒有，縱使長得再美，平均值都得大打折扣；反之亦然，空有魔鬼身材，卻有張抱歉的臉，平均分數也不高。」

又說，他的朋友曾經有一個長相賽過大明星，身材高窕如模特兒，個性也好的女朋友，可惜上圍發育不良；交往兩年，友人一直掙扎於女友那令大部分男人傾慕的外表及實際的慾求之間，最後還是藉故提出分手。

「只有好朋友知道真正的原因。那個女的我也見過，長得實在沒話說，比明星還美，話又說回來了，她其實不用美到那種地步，把幾分美色挪到胸部不是更好，我朋友的要求並不高，『有』就行了！可惜啊可惜。」他搖搖頭，一副比他朋友還惋惜的模樣。

他的結論是，男人對女人的要求並不多，長相普通漂亮、身材普通完美、該有的都有，各方面能夠均衡就好。

「像妳就剛剛好，皮膚好、臉漂亮、身材勻稱，身高雖不理想，但可接受，整體的平均值就最高了！」他一面忙著算分數，一面不忘貪婪的上下其手。

似乎，她應該感謝他的抬舉。

說到平均值，她這才以正眼「認真」瞄了瞄枕邊人，心想女人的價值被評得頭頭是道，男人的呢？

她很快地度量盤算了一下。

身邊這位仁兄，身高是比人強，但比例不夠好，頭太大了，腹肉生得不夠緊實，而且皮膚過白，男人味不足；臉嘛！坑坑洞洞，眼睛小又下垂，是相學上所指的好色之相；至於身家背景，平平庸庸的上班族一個，職位不高，收入勉強湊和，學歷普普；林林總總算起來怎麼和醫生老公相比！充其量，不過是外表打扮可以唬唬人罷了！社會上多的是這類虛有其表的男人。哎呀！真要把男人的客觀條件攤在陽光下算個仔細，結果可能比女人的平均值殘酷呢！喜歡算數的男人啊！在你估量女人平均值的同時，可曾先算清楚自身的價值？

看得太清楚，便覺得這樣的男人不僅不必奢望能得到何等價值的愛情，就連當人家的點心、玩伴都嫌不夠格。

「還是回家抱老公吧！」起碼他對她一片癡寵，不來加減乘除那一套。女人在心裡對自己說。

舊愛還是最美！

能夠在一個女人面前深情幽怨、誠懇懊悔地懷想另一個曾經摯愛的女人，聽著故事，一時之間，隱隱勾動想要撫慰男人的心意與溫柔。

「他真是個重感情的人。」女人會想。

如果恰巧是有對深邃眼睛、憂鬱眼眸的男子，頭臉一偏，神情微微失焦的望向某處，便更具說服力、渲染性。

「他一定是個很念舊的人，念舊的人想必重感情，重感情的人對愛情的態度是負責的。」浪漫的想像，似乎合理的論調。

念舊的男人唱情歌，免不了要點播「老情人」、「舊愛還是最美」，充滿情意的歌聲，句句動人，最後再低啞唱出「男人不該讓女人流淚」簡直人間至情至性、癡情無悔一男兒！任何心思纖細、感情豐富的人見著那憂鬱寡歡的模樣，雖然不見得以為就要愛上某人了，溫暖的詢問與關心自然而然。

「妳不要這麼關心我，其實，我對女孩子不好。」自省是否為念舊的一部分？

「別這樣說嘛！既然你能坦然說出，表示你懂得自我檢討，很有心。」坦白的男人才值得欣賞啊！

緩緩輕嘆了一聲，非常細微、難以察覺的，念舊的男人開始訴說舊情人們的好。

「我真正交往過的女朋友不多，兩個而已。半年前分手的女友同時是我的工作夥伴，勤勞又有才幹，人也溫柔體貼，在工作上和生活上我受到很多照顧。」

「她一定對你好好，你們應該很適合啊！」

「是的，她對我很好，我們還真是別人眼中的金童玉女。怪我自己啦！把人家的付出視做理所當然，常常答應她的事卻不當回事。分手那天是她的生日，說好一起在家吃燭光晚餐，可是我讓她一個人守著一桌菜等到半夜一點；我承認是太疏忽了，但也有點倒楣，手機正好沒電呀！她整晚連絡不到我，心死了吧！」

「難怪她傷心，生日嘛！總巴望著和心愛的人一起度過。但是，她不應該因此放棄三年的感情吧！滿可惜的。你們這個年紀的男人，哪個不為工作事業打拚奔忙！」郎有情妹有意時，要找個支持、說服自己的理由特別簡單。

「真正讓我覺得對不起的是初戀情人。大學四年我住校，她每個星期從北部到南部幫我整理宿舍，我呢只顧著和同學玩，總是讓她等上七、八個鐘頭。有一次她鑰匙掉了，事先也沒有連絡好，結果人到了南部找不到我，就自己一個人靜靜坐在客運站牌那兒等了四小時。」

「你真的頗自私呢！可能是那時太年輕了，不懂得珍惜。再說，以前的學生沒有CALL機、大哥大，連絡沒有現在那麼方便，極易造成誤會。」

沒多久，包容、體諒的女人變成念舊的男人新任女友。

過不了多久，終恍然明白，感情基礎深厚的舊情人，怎會為了一個孤寂的生日夜晚而分手？那是多少年來被忽略的節日及生活種種累聚的委屈，再無能耐承受下去的決定；交往七、八年溫婉的初戀情人，為何認識別人半年不到，卻狠心揮別舊愛，嫁作人婦，她不是狠心，而是心早被掏空。

本性難移嗎？念舊的男人依然重感情，經常陷入過往回憶，對於曾癡癡迷戀、追求未果的女人亦有無限感懷，約會所到之處，不忘細數帶誰來過，這個喜歡聲色場所、不愛親近自然；那個怕風吹日曬、只愛喝咖啡。

面對新人懷念舊人，永無止境，但「舊愛還是最美」的動人情節漏洞連連，早已無力找到令自己再信服的理由。要想佔有其內心一席之地，唯一的方法，就是也成為舊愛，相見不如懷念。

平衡

明明知道他是別人的，卻抵抗不了柔情蜜意的滋味，一度還以為那就是愛了，煞有其事地深陷愛情的氛圍，任自憐自艾的心緒充塞短暫歡愉後的空白，雖然表面上一派灑脫，內心卻氣極他的多情和自己的沒出息。

而他——一個風度翩翩，擁有幸福家庭、高級經理人的社會地位與眾多紅粉知己的中年男子，永遠不會知道在你情我願的禁忌遊戲中，有人癡想當他唯一的情人，認真地計較愛情的多寡與份量，氣他從不隱瞞的露水姻緣，在見不到情人的夜晚憂心忡忡著可能發生的豔遇⋯以為如此便能多得到一點愛，好支持自己悲壯的感傷下去。但他老早說過，喜歡和愛是不一樣的，到底誰能成為他心裡的至愛？或許真的是他嘴裡說「愛」的老婆吧！

可笑的是，她暗自計較的在心理上跟定了他，辭掉工作，每天心甘情願下手做羹湯，對自己催眠說：「工作那麼多年，算是小有積蓄，何妨享受當一個家庭主婦的樂趣！」那廚房卻是認識他以前，向來避而遠之的，而今竟成了一天當中真正能夠打發、消磨時間的地方。

並沒有人要求她這麼做。

通常，做好了飯菜，她都無聊地轉著電視遙控器，一個頻道換過一個頻道，等待情人回「家」，雖然一切只是一廂情願的想像。當然，她心底會問，有多少女人同樣為他精心佈置了一個家？這隻狡兔有幾個溫柔窩呢？然後又自我安慰道，至少她的家是其中之一，或許只屬於他的一小部分，卻是她的全部。

守著房子的心情很是空虛，不工作的日子時間彷彿是靜止的，安靜得連空氣都要讓人窒息，連呼吸的氣力都提不起來，僅僅在約定好的時間，門鈴聲響起，才見元氣，像是被皇帝寵幸的妃子，快樂地自萎靡的沙發雀躍起，讓他一把抱起，迫不及待直奔臥房，耳鬢廝磨一番。唯有這樣的時刻—當他的重量壓在身上，急促的喘息聲穿過耳際，她才有那麼一丁點踏實感。

表面上她自得其樂，享受為愛犧牲奉獻的使命，但大部分的時間自然是不平衡的；面對只愛老婆又喜歡很多女人的大情聖，她所分配到的愛情份量不平衡，陪伴時間不平衡，等待的心情不平衡，兩人的關係尤其歪曲。

理智是否無法看穿虛偽迷人的面具？他氣質出眾怎樣？風度迷人又如何！事實是他的身份是別人的老公，真面目則是濫情的可以，不禁要自問，守候這樣的人值得嗎？如此的犧牲有何意義？

片刻的歡愉終究像是灰姑娘午夜的鐘聲，轉眼消逝，她明白的很。是捨不下心中虛渺的幻想吧！期待著天秤的兩端終將歸於平衡。

速配

「豬肉王子」最痛恨同學、朋友喊他這個綽號，他始終認為那是學生時代的瘡疤。

當時，十幾歲的青年學子成天嘻笑怒罵，你損我、我虧你的，看起來並沒有男孩子對於別人拿自己外表開的玩笑耿耿於懷。偏偏這人高馬大、雄壯威武的「豬肉王子」心思纖細，外強中乾，開不起玩笑，三天兩頭讓一堆口沒遮攔的傢伙氣得面紅耳赤。人嘛！爭強好勝愛面子乃順理常情，可有趣的是，既是王子，怎博得豬肉之名?原來是生得一副出眾的體魄，但臉上的肉橫擠了些。

其實，這也沒什麼大不了，男生的臉蛋不比女孩子，講究五官亮麗、臉型細緻、皮膚柔嫩，高窕的個子足夠遮醜了，即使彈吉他、唱情歌、打籃球、翻跟斗、倒立、說學逗唱、寫詩作對…通通不會，沒關係，個性開朗風趣點兒，待人溫柔體貼些兒，再不然做個誠懇實在的男兒，不愁沒人愛。好歹「豬肉王子」那個頭一站出去，有模有樣，還挺性格的呢！可惜空有大男人般的軀體，內裡竟是小鼻子小眼睛的氣度。和人家打賭比賽投籃，輸了十塊錢，終日鬱結，不甘不願；向隔壁女同學借漫畫不成，記恨到畢業；不小心聽到醜呀、豬啊的嘲弄聲，耐不住就要對號入座，形同刺蝟…鬱悶極了，臉一臭，冷冷狠狠地說：

「你們每天只會鬧來鬧去，以後能幹嘛呀？我和你們不一樣，畢業後我可是要移民美國的，懶得和你們一般見識。」

「移民美國幹嘛？去唐人街賣豬肉喔！」一句妙答，惹來哄堂大笑，「豬肉王子」一張臉氣得又紅又漲。成長過程中或多或少要承受這樣有口無心卻也頗為犀利的經歷吧！

顯然，「豬肉王子」的校園人際關係不怎麼樣，但他並未因此虛擲光陰，該修的戀愛學分可沒遺漏。還是新生呢！一次的校外聯誼，就給他交到了女朋友；樣子長得挺不錯，人也客客氣氣的。班上第一張結婚請帖正是捎自「豬肉王子」。

席間，昔日同窗、他的辦公室同事各自交頭接耳、竊竊私語，冷不防有位小姐問出聲響：

「奇怪，像新郎這麼愛計較、小心眼的男人，什麼樣的人會喜歡他呀？聽說兩個人交往七、八年了耶！」

八成是和「豬肉王子」交情太淺，搞不清楚狀況。

「喔！妳別替他擔心，他們兩個真的好配好配喲！簡直是天造地設的一對。」老同學異口同聲。

王子與公主的速配老早是校園流傳的佳話。

想當年幾個同學為他倆共築的愛巢出人出力，幫忙搬家累了兩天，「豬肉嫂」為表謝意，盛情邀約請吃火鍋，一群人八、九個，全都是年輕力壯的小伙子，買的火鍋料只夠兩個人塞牙縫不說，在女同學放入第二塊雞湯塊做湯底的時候，她一個箭步衝上前去攔截下來，嘴邊不停唸著：「不用給他們吃那麼好啦！放一塊就夠了。」並且慎重其事地報告「豬肉王子」，兩人為搶攻有成，沾沾自喜。從那時起，眾人深信再沒有比他們更相配的了。

王八對綠豆，才子搭佳人，病態配變態，金童邀玉女，皆為速配。若不想被認作為王八的綠豆，豈可不慎！

將心比心

「我有良好的外貌、學歷、工作，剛剛結束一段刻骨銘心的戀情，期待有個全新的開始，那個女孩…或許就是你！」匿名化做「晚雲」的男士在網路上留下這段徵友啟事。

「刻、骨、銘、心？」電腦螢幕前的「晨星」覺得一陣俗氣。即使是淺薄對待愛情的人，也能隨口說出這句形容詞，為逝去的戀情增添情深意重的內涵。

若非「晚雲」映照「晨星」，想像的空間如天際蔓延，讓人以為那名字的後頭，蘊藏了溫柔，如雲霧繚繞，她才不會多看一眼。

「嗯…幻想是危險的，期待則會令人傷心。」網路交友至理名言。

想不到，他也注意到她，主動發了封伊媚兒，信裡仔仔細細介紹了他唸書的經歷、興趣、身高體重、在什麼公司上班、工作性質…並不忘詢問她的喜好、未來是否有特別的計劃，平實誠懇。

「平時我喜歡塗鴉、畫畫啦！現在只是小美工，以後希望能做整體的視覺設計，有一天能創作出我的『晨星』，絕美純淨且一望無垠，很抽象喔！」她回覆他短短幾句。

「我姊是美商廣告公司平面創意總監，應該可以提供妳一些意見。」是巧合也是緣份。

普普通通的閒談激起的火花不只點點，他們寫信、交談、會面的過程出奇順利，愈覺話題投機、性情搭調、外表登對…晨星幾乎要懷疑這份幸運的降臨，有幾分真實性；她不是不相信他，是不相信自己的好運！

晚雲與晨星竟是交集！

世上哪有這種幸運？好好一個男人，早屆試婚年齡，出類拔萃、氣質出眾，誠如他網站上的自我介紹，事實上本人更勝一籌，怎能無風無浪、一路平順地出現在她身邊？迅速地共譜戀情！

沒有的，至少沒有那麼完美的幸運。他找上門來要求復合的前女友，一指鈴響劃破了神話。

「你不是和她分手了？你們到底有沒有把話說清楚！」

「她主動要求分手，我以為這次她是認真的，我們一個多月沒連絡了。」

「什麼！才分手一個月你就上網找新女友？真是『刻骨銘心』啊！」

「我很無辜，我真的沒有和她連絡了⋯⋯」

「你是急著上網找人填空？」

「我承認有部分的心態的確是⋯⋯但我確實很喜歡妳，妳是我的動力啊！妳在我身邊，我絕對不會找她的。」

「你分手分得不乾不淨，卻要我做你的動力？好，我相信你是真心想跟我在一起，但是，你必須明明白白的告訴她，你們已經分手了。」

「我⋯⋯不忍心，妳也是女孩子，如果男朋友對妳說得那麼白，不會很傷心嗎？」

「是她先離開你的呀！為什麼不能說？」

「反正我不會和她連絡就好了嘛！」

「那她跑來找你、楚楚可憐地哀求你、無助地撲向你懷裡呢？你是要一邊和我談戀愛，一邊還要吊她的胃口嗎？」

「她不是這種人，她自尊心很強。」

「強！強什麼？自尊心強的女人看多了啦！死纏爛纏的，硬是可以把前男友纏回去。我不管，我要求你和她說清楚，你不必強調我的存在，只要堅定的讓她知道，你們已經分手，不可能回頭了。」

「妳就……將心比心嘛！女孩子聽到會受不了的啦……」

「將、心、比、心！」多具美德的情操！問題是，誰對她將心比心？滑稽極了！出自一個懦弱、耐不住一點寂寞的人，滿是詭辯的口中。

追愛

有的男人相信，追逐一個女人的難度愈高，日後珍惜的程度相對提升。情愛的事，無關理性與感性，比較像統計測驗的運算式。如果女人給予的考驗、條件門檻太低，隨隨便便一個人就能達到高標，表現不出真正的實力，好比測驗的題目太簡單了，每個人都考九十、一百分，推估不出有效的統計數據；女人條件太好、難度過高了，如同艱澀的試題，幾乎讓全軍覆沒，測量不到可供參考的平均值；會產生這樣的結果，是測驗的本身不夠精確。

高不可攀的女人雖令男人望之怯步，毫無難度的更容易嚇跑男人，所以呢，願意接受挑戰，試試自己能耐的人還是居多。熟諳箇中原理與操弄技巧的女人，樂得出題出招，享受被追逐的快感，檢定的樂趣；便也造就了某種追愛的男人。

追愛的男人，神色憂鬱，有著一段段訴不盡、道不完的傷心史，一副癡心不渝的模樣，卻老是追逐錯誤的目標，無奈慨嘆消逝的歲月，仔細想想，才發現，根本沒有真真切切發展過一段關係。譬如，對空姐、廣告明星、模特兒之類的迷戀。如果聽說誰還被企業家第二代包養過，光環才亮呢！台灣有錢的小開大概真的滿街跑，反正妳敢說，男人也就信了，不但增添了自個兒的身價，順帶提高了他追求的難度、價值與興致。

處在上風的人歇斯底里、任性嬌縱、冷嘲熱諷、理直氣壯，苦苦追求的男人自當以無限的耐心、愛心接受愛情的考驗、命運的試鍊。

「女人都喜歡被寵的感覺嘛！偶爾發發脾氣、任性一點，為的是試探男人的底限，看看她今天叫你滾，你會不會就真的離她而去？埋怨你不能隨傳隨到，只是想知道她在你心目中是不是最重要的。」追逐得久，自然是懂女人的。

「懂」，不代表行得通，經驗似乎沒能使情路順遂。一個空姐、一個他堅稱的廣告明星，共盤踞了七、八年時間，不久前剛從號稱當模特兒是業餘好玩，曾被企業家第二代尊貴包養，每個月有五、六十萬生活費可拿的女人身邊棄守。

「我付出一切，問心無愧。」

空姐飛的時候，他沒有為正在生重病的父親祈福，特地到行天宮求了平安符給她；廣告明星小他十二歲，還是愛玩的年紀，他可以開車送她去和別的男友約會；模特兒奢侈慣了，他這個美商公司的高級主管，雖然年薪已比一般人優渥許多，也攢了幾百萬積蓄，無論如何都比不上含著銀湯匙出生的人灑錢的氣魄，但好歹也百萬一擲，絕不囉嗦。

漫漫情路辛苦走過，什麼是戀愛的滋味？他不清楚，明白

自己註定要做追愛的人。

會抓重點、試題，作答技巧交叉分析、沙盤推演，答案背得滾瓜爛熟，克服萬難通過測驗門檻，達到高標，可惜啊!這個測驗本來就不是你需要做的，和你的性向、未來、智力、生活…皆不相干，尤其是不對主試者的味兒。

才子

「這是尼采說的。」

KTV包廂裡，在一些個歌聲糟透，偏偏嗓門特大兼愛搶麥克風，萬分不識趣的傢伙之中，五音不全的曲調走著：

……

你永遠不懂我傷悲

像白天不懂夜的黑

不懂那星星為何會墜跌……

有誰在乎優美的詞句源自何處，又有幾人不忙著攪和愛現，懂得欣賞其中的意境。

「就是這一句『白天不懂夜的黑』，但用得最美的卻是『墜跌』二字；在多數充斥醉了、累了、睡了、毀了這樣簡單俗氣的押韻歌詞，顯得特別脫俗。」

唱KTV最能反應個人性格、與人相處的默契，是不是玩得起來、鬧得有趣、HIGH得過癮、體不體貼、懂不懂欣賞，從點唱細節看得一清二楚；有人一坐定便劈哩啪拉點一長串自己的歌兒，也有狀似貼心實則自作主張為眾人選好所有排行榜曲目的。另外多的是每一首歌都要跟唱，每次點歌定要猛按插播不照順序來的。最愉快的莫過於一唱一和的隨興，你只會唱副歌，有人正是流行歌王，什麼歌都能唱給你接；再冷門的對唱情歌，英文、粵語朗朗上口，一起製造浪漫；妳喜歡唱，他就愛聆聽……

這年頭懂得並願意靜靜聆賞的男人不多了，何況他是這樣外表出眾，出口就是大師的經典名句，真是才貌雙全，不禁教人另眼多看幾分，而他動輒論起文章起承轉合、新詩風格，雖然跳脫不了文藝青年性喜高談的調調，卻不損半點風采，擄獲青睞輕而易舉。

和他交往的女孩，往往為如此完美的相遇，驚喜得久久不能相信，畢竟他有良好的工作、收入及學歷，品性不錯，還難得的專情。只不過呀！約會幾次，不免對每每長達兩、三小時的闊論感到疲乏，連藝文少女都聽到對文學反胃；打打桌球運動輕鬆一下，他不忘長篇大論地剖析球要怎麼切、拍子怎麼旋，將妳原本喜歡從事的運動變得十分無趣。不知這樣的才子花費心思研究一堆技巧論、學術說，是為了求學問，或為說與人聽而已。

漸漸的，才子看起來可笑。三十幾歲的大男人念念不忘的是大學聯考數學得幾分、托福成績如何……不然就是教導學習英文的技巧，通常只要國中的英文老師不要太失水準都會告知的基本常識。諷刺的是，出國打屁、殺價他都不在行。

「很好奇耶！你和公司那些高頭大馬、三十好幾的一堆男人聚在一起，也會聊什麼分數、成績啊？」即使已經用很輕描淡寫的態度問著，仍然輕易地傷害了他薄弱的、經不起考驗的自尊心。

或者才子在意的是怎樣滿足自己的說教慾、發表狂。

所以當他經常摸到三更半夜，報告仍無法如期完成，總是忘記與客戶的約會，說過的承諾也沒有一件實現過，只會在一旁哀聲嘆氣，妳還得顧著他的面子說出違心之論：

「可能是時間管理做得不夠好，你是不是應該把每天要做的事記在工作日誌，這樣比較不會出錯。」

「我就是不會做小事情，我比較適合做counsellor。」

旁人看得清楚：

「才氣！他呀～標準的眼高手低、光說不練、不切實際。」

才氣？！空洞得很，既不能吃，也不能拿來相處。

Mr. Tired

學生時代剛剛認識的男生，整天精力充沛，白天上課、晚上打工，還能天天約會。先是一下課陪著吃刨冰，再騎機車護送回家，十一點下班貼心買了宵夜，專程送到家門口，在對講機那頭輕聲問說：「餓不餓？睡了嗎？吵到妳了嗎？」然後拎著宵夜坐在附近的小公園，依依不捨吃了一、兩個鐘頭，各自分手回家，再黏住話筒繼續熱線到深夜。第二天，仍見雙眼炯炯有神、神采飛揚，不見半點倦容。年輕真好！似有用不完的精力。

可是呀！不用多久，或許三、五個月後，大不了一、兩年時間，等一顆心毫不保留交出，兩人的關係便步入「低難度」期，亦即妳某方面或全面性的被愛情制約了，原本殷勤追逐的人自然鬆懈掉最初那份動機及鬥志。

漸漸的，接送變成一種要求，並且經常得到「我沒空，今天好忙、好累」的回應。令人不解的是，一樣是白天上課、晚上打工，也沒有準備研究所考試啊！第二天才知道，人家半夜還跑去打了一場籃球。容易倦累變成了常態，卻輕易博取女生的不忍之心。

隨後，妳步入社會，他邁向軍旅，學生時代的感情地基紮得穩，距離沒有使愛情消失。一路穩穩走來，愛情愈來愈像例行公式，假日吃飯看電影，睡前一通報備Call，愛的需求只是宿命。

再隱忍不住的情緒通常在他退伍開始工作後狂飆。

「我們根本沒有相處時間，兩個月碰不到三次面。」乖乖女終於抱怨出聲。

「妳不要鬧啦！我這樣打拼還不是為了彼此的將來，妳就不

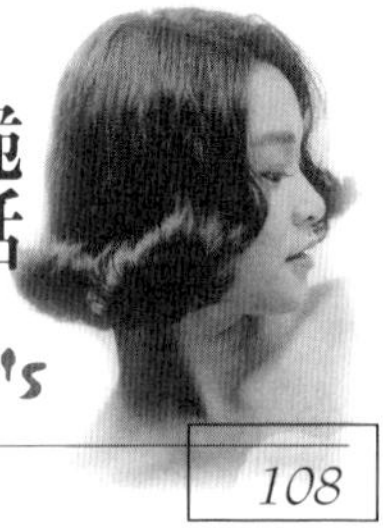

能體諒我嗎？」他的理由如此正當、合乎情理。

妳好意思繼續為難人家？

「可是…我們連話都講不到幾句。」

「我不是每天都有打電話給妳！」

「以前我們有聊不完的話題、分享不完的心事，現在你每天打電話來只是告訴我你好累，要上床睡覺了。」

「我真的好累，不想講了，妳也早點睡啦！」

二十五、六歲剛出社會，他埋頭苦幹，三十歲不到已是小有權力的主管，責任更重，理當更忙、更累了，累到隔天一早天矇矇亮，興致勃勃開車到高爾夫球場揮桿，應酬社交取代妳說好擁有他的假日，那僅剩殘餘的時光。

「我一個禮拜不過休一天半天，難道你連這點時間都不能陪陪我！」

「我也不想去打球啊！還不是老闆交代的。而且不和客戶打打高爾夫，生意很難做的。」

「那…我們晚上一起看電影好不好？」

「拜託…我天沒亮就要開車到球場耶！」

「可是不到中午球賽就結束啦！」

「打完球會累耶！」

「累、累、累，跟我在一起你才會喊累吧！」

「妳又來了，我不想和妳吵，很累。」

「……」

「妳不要生氣啦！我這麼累，為的還不是我們的將來，經濟基礎打好了，以後多的是時間嘛！」

以後，他幸運的飛黃騰達，妳仍然為了要求偶爾該擁有屬於兩人的空間而爭吵，而他依舊容易疲累，吵架都嫌沒力，不過，朋友一通電話召喚釣魚去，旋即出現一條活龍。妳期待的將來，希冀的生活方式，不斷有其他嗜好替代。Mr. Tired和失憶症一樣是選擇性的呀！

老實

每個人都說他老實。陪著上護膚中心做臉，美容師看到了也不忘讚美一句。

「可是…他人很無趣，講起話來一副怕怕、彆扭的樣子，一點男人的豪氣都沒有。」

「那是他太在乎妳了，想順著妳呀！哎喲！男人老實最重要，而且人家條件不錯啊！不要嫌啦！」

的確，他人很老實，還熱臉貼冷屁股的一片癡心迷戀；學歷、工作、經濟基礎、外在條件絕對在中等之上，只要對著急於嫁老公的適婚女子登高一呼，不愁找不到結婚對象。

該教人感動的是，高頭大馬的男人處處以妳的喜好為喜好，完全不帶任何個人意識；尤其是自奉儉樸，卻能掏心挖肺的傾其所有，更加難能可貴。這年頭，如此慷慨大方的男人可少囉！為了前途一心追逐名女人或富婆的年輕男子多得是，談感情不忘計算附加利益，像是職場經驗、賺錢能力…什麼希望另一半獨立自主的話，真正的意涵恐怕是：起碼結婚後可以一起付貸款，如果她願意供給花費，也用不著拒絕，男女平等不是嗎？倘若現在的女人仍存有結婚是為了找個長期依靠…之類遠古時代的想法，未免天真了些。事實上，在金錢、能力的考量上，男人是現實的，不知是因為所謂的兩性平等了，還是在走過去女人挑選金龜婿的老路！

相較之下，單憑他老實、大方，外加體貼、細心的優點，有什麼好嫌棄的呢？可…偏偏一見到他呆滯的眼神妳直想打瞌睡，聽其乏味的言語寧願去嚼蠟。雖然他很想學會幽默風趣，但永遠不明白那並不是背幾則笑話就能夠的。

「我以一個男人的立場認真告訴妳，現在這個社會要找到一個老實的男人，妳知道有多難嗎？聽老哥哥的話，選他不會錯。」不忍妳想不透徹，錯失良緣，連鄰長的兒子都要給段忠告。

不過…老實為什麼只有老實呢！似乎不會出現這個男人老實又風趣、老實兼活潑之類的形容。聽起來老實真的是最重要的部分，難道單憑老實就能緊緊維繫住一段關係？除了老實，愛情需要其他更重要的元素吧！像是默契、互動、自在、歡笑。老實當然不是件壞事，然而一旦發現長久的付出得不到回報，老實人仍然會像平凡人一樣不甘心、不理性。

「賤女人，看妳跩到何時…」

「是我啊！我不會放過妳……」

「爛貨，我要讓妳知道老子不是好欺負的……」

在他心甘情願送給人家的手機裡，「老實」的留言灌爆語音信箱。

這才體悟，一個向來沒有自我的老實人，不論感情有沒有結果，都得依附著某個人而生息。妳想過自己的生活，但是他的人生本來就乏善可陳，正好卯足全力極盡騷擾之能事，並且超乎預料地持之以恆。最後妳只得換電話、換工作、改E-mail Address、搬家，方能逃脫。

哎！每個人都說他老實……

算命的男人

這個男人算標準的了！正常的上下班，方正的待人接物，規律的休閒，重點是有三高——身材高、學歷高、職位高；標準的該按時談戀愛、買房子、結婚、生孩子，怎麼也看不出會是個情路顛簸的人。是個性出了問題？不過是傳統、難以免俗的，有那麼一滴點大男人的想法罷了，像是偶爾脫口說出的女子無才便是德的論調，三從四德的信仰，但內心渴望的不就是一個能照顧他、幫忙持家的溫順女人嗎？

其實，他並不愁無人青睞，女孩子需要的哄陪體貼，他都可以做得漂亮、討好，卻為何情路走來，跌跌撞撞，身邊始終連個結婚對象都沒有！他急得很，可是沒用呀！朋友總好心勸他找個乖巧溫柔，以男人為中心的傳統女性交往，比較不會自找麻煩嘛！偏偏他所選擇的盡是所謂的現代新女性。

現代新女性通常不會百依百順，她們有定見、有主張，需要的是真正懂得欣賞、支持她的對象，而他的體貼往往是一開始的手段，實際上沒什麼耐心，不用太久，聰明的女人便能看清他自私的全貌。

「說得好聽是希望有個伴互相照顧，事實上只是想找個女人來伺候你這個大爺，你以為仗著三高，就可以擺出茶來伸手、飯來張口的姿態，對不起，我沒那麼愚蠢，奇怪，你有沒有發自內心關心過別人呀！」又是一個很快離開他生命的女人發出的不平之鳴，末了還回頭補上一句：「對了，要找人伺候你，菲傭不夠啦！印尼妹比較好，還會按摩，你根本用不著結婚；喔！不過，她們是無法和你共創事業的。」

他搖頭怨嘆，這輩子遇到的女人實在強悍，對他「都」不好！輕易的忘記朋友對他的評語：「別人對你付出八分，你覺得只有兩分，你付出一分，便以為自己付出了十分。」

以他的角度來看，女人確實對他不好，和她們相處起來簡直是在忍辱負氣。就拿前不久才分手的小會計為例，學商的她，雖是大公司小會計，幾年的磨練，內帳、外帳、稅務樣樣精，俐落能幹不說，還長得晶瑩剔透、玲瓏有致，未來就算沒有幫夫運，也絕對是個賢內助。這樣一個年輕、漂亮、有能力的女孩，嬌氣有一點，溫柔有幾許，主見有一些，是習慣被寵的，自然不是男人身邊沒有聲音的影子情人。她懂得體貼、照顧對方，但是不能接受他理所當然的心態；家事她願意學，但看不慣他水杯、碗盤隨手一擺，就該她去做的天經地義。脾氣一來，索性學他，做個自私的情人，熱戀期一過，取而代之的是鬥氣、冷戰。

「我們個性不合，我不是你要找的那種女人啦！你希望的標準我做不到，更做不來。」這種戀愛談起來，她覺得累，而他愈加不耐煩，她三番兩次要求分手，他強壓不耐的情緒，卻要再三慰留，令人不解。最後一次分手前，拗不過他父母好心邀她到家裡吃飯，飯後獨自洗著理所當然、天經地義的碗，他母親笑咪咪跑來當說客。

「我兒子人老實，工作又認真，他高中的時候，算命先生有說，他以後是要做大事業的，但是說喔~他的事業一定要有老婆合夥幫忙，你們兩個以後好好做，我們老的一定全力支持，最重要的是，兩人要同心。兩個人在一起，難免有不愉快，妳睜一隻眼、閉一隻眼，不要和我兒子計較啦！」

怪不得他捨棄許多乖巧本份，比較能夠依順男人的對象，或許以為這樣的小女子無特殊才幹，不能靠她們創業成功吧！倘若如此，有求於人，忍辱負氣當是自找該受的。

算命的女人

台北行天宮地下道，算命街榮景不如以往，總還有一些事事倚賴鐵口，圖保愛情、問婚姻，一臉茫然迷惘的女人流連。不同的是，以前下了班匆匆忙忙趕來，總得排在一小方算命間延伸出的長長隊伍中，如今馬路畫上斑馬線，減少了人潮，縮短等候的時間，也好。

她習慣性的算命，算到荷包瘦弱，睜著缺乏神采的雙眼，急切問著算命仙什麼時候會發財，未來的老公有不有錢？後來嘗試在地下道卜米卦，很便宜，一次三百，算命的強調，因為一次只能問一件事，所以特別準。

說起來她真是一個努力求上進的女人，高中開始半工半

讀，養家顧自己，早受歷練的個性是柔順但堅強的；運氣不佳卻是二十五年的生命寫照。

工作上她恪盡職守，不過老遇到倒閉、發不出薪水的公司；家裡頭屬她最孝順，父親的病、兄姊的債，只有她願意扛；自奉甚儉吃穿簡單，難得剩餘的錢都孝敬到算命的口袋裡去了而不自知。

果真命歹運不順!?

「老師，最近別家公司找我，可是我才剛適應現在的環境，跳槽好嗎？」

「妳比較沒有事業運啦！女孩子嘛！工作穩定就好，不要隨便換來換去。」

看準她保守、缺乏信心，而且女孩子理當保守安定。算命的「鐵口直斷」。

年終將近，她的老闆惡性倒閉，原本挖角她的公司，穩穩當當加發了兩個月獎金。

生活上的不如意，咬牙忍忍便過去，情感的輾轉就不好輕易放下。

「老師，我想問感情。」

「妳的感情最近不太順。」

「老師怎麼知道？」

「哎呀！從妳的八字來看，最近多變格，木火交輝，金水太旺，容易沖煞感情。」

「……」

哪裡需要神算！任何人見她眉頭緊蹙，一臉無奈，茶飯不思，聽到情歌要掉淚，會不知道她感情有問題？何況她一進到算命問，就自曝所問。

「老師，我和他會不會有結果？」

「急不得，再交往一陣子看看。」

她自己都猶疑了，當然如此順勢接話。找個朋友傾吐一番，得到的建議恐怕更具體，旁觀者老早了然於心呀！同樣要花錢，詢求諮商輔導，各種治療學派有引導情緒紓發的，或行動派者教導行為改變，不是有意義多了！

「老師，他是我結婚的對象嗎？我應該嫁給他嗎？」自己都無法判定他是否為合適對象，怎能期望一個和妳交談不過幾十分鐘，根本不相識，又不了解他的人，為妳下判斷，給妳正確答案。

「依妳的命盤看，晚婚比較好。」現代人少有不晚婚的。這是常理。

「老師，我應該和他分手嗎？可是我們交往三年了。」

「反正當做是朋友嘛！邊走邊看囉！」

她把「老師」的話奉為圭臬，因為以前一有交往對象，她便跑去卜一卦，「老師」每次說會分手都應驗了，殊不知是她言語透露的端倪使然，試想，與一認識不到幾天，僅為預設對象的男子，進一步交往的可能性本來就不大，加上誰不談個幾次大大小小的戀愛，預測分手比猜湖人對溜馬的勝場數還簡單百倍。

沒有自信讓人盲目，看不清楚，所以迷惘，命於是愈算愈薄。

詭話連篇

打開愛情檔案夾
τωφϑζΘΨΩξπ……情感出現亂碼
在按下DELETE之後
每頁感情將會另存新檔……

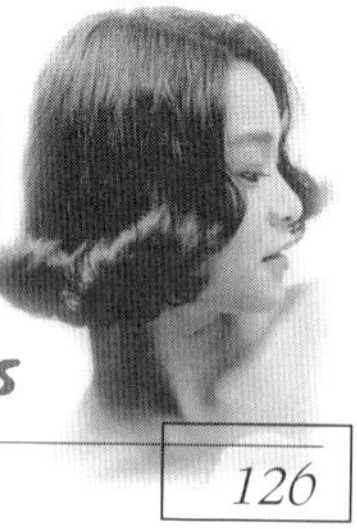

被愛是幸福？

很多人這樣信奉著。

………

被愛是幸福，

愛人是痛苦，

我連在你面前想哭都不會…

情歌也如此悲吟。

被愛當然幸福，如果你也同樣為對方心動。

是否純粹的愛情裡空間太小，以致選擇太少，不能要求太多。愛情沒有公平道義可言，被愛的少、愛人的多，是比重，卻不能完全失衡，不然被愛與愛人都要痛苦。

「被愛！愛人？我可以告訴妳，被愛的結果是負擔，愛人的結局是承擔，美麗的愛情是相愛，看起來簡單，但不容易找到、做到；真正悽慘的是只愛人或被愛。」朋友說。

單是被愛悽慘嗎？大多數的人相信並高唱著愛人的痛苦呢！想像不出被愛有什麼苦的！被愛、被愛，為什麼只能被動的接受，而激不起半點你能夠欣然讚賞他、憐愛她的心緒，因為沒有默契、缺乏共鳴，精神甚至肉體…都難以交流。恐怕是無法比擬的酸澀與百無聊賴。

愛人是痛苦，很容易理解，一昧單方面的付出卻得不到回報，無奈又愁悵。

「我所求不多，你就不能對我好一點嗎？只要一點點就好。」

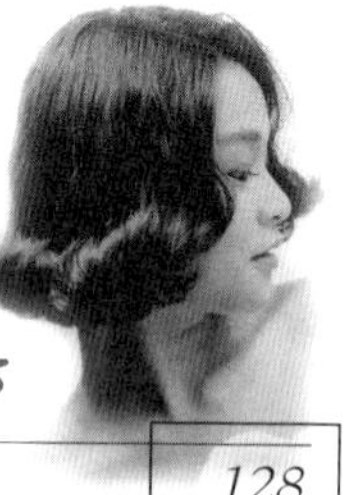

卻忽略了人家就是不愛你，覺得兩個人在一起沒有樂趣，說不出溫柔愛語，做不來和顏悅色，使不上體貼關懷呀！這樣的愛給人留下的往往是壓力罷了！而有些勇於付出、無怨無悔，一路走來始終如一者，不免沉陷於犧牲奉獻的偉大意識。

不管是愛人或被愛，單向通行的愛情很難快樂起來吧！愛情應該要有回報，否則如何成立？

比較起來，想要去愛一個人的心意，以及能夠去愛的能力，或多或少是令人愉悅的；如果不在乎結果。至少對方曾讓你怦然心動、驚豔愛慕，打從心眼兒裡主動、自發的喜歡上了。

經常扮演被愛那一方且追逐者眾的，雖可證明自身的魅力，也具有一時的虛榮感，問題是面對一個根本不喜歡的對象，只能被動的、不斷的接受，不懂回饋、吝於付出，何樂之有？何來幸福之實！

但人云亦云，大家似乎也就認定被愛是幸福的，不論愛過與否。或許我們都害怕被人看穿，深恐一旦讓你知道我愛你，便清楚了我的弱點，並利用這個弱點傷害我；所以最好先武裝成自己不要去愛，被動的或暇整以待的等人家自己來愛我，才不會受到傷害，才能留下退路。

「我當然要先確定他是喜歡我的，才決定要不要喜歡他。」尤有甚者說。

更有些女人認為，被動的女人最美，殊不知自己只是被挑選的一方，還以為這樣很有身價，對於勇敢求愛的同儕嗤之為花癡。事實上忠於自己的喜惡，有守有為，並不代表隨便、輕率，何況身價要靠自己累積，而不是成為某某董或什麼總的夫人就算數。

或許愛人與被愛皆辛苦，有愛、無愛都痛苦，也是愛情歷練裡幾經轉折的想法，若是從中享受不到付出、成長的樂趣，關懷、接納的感動，絕大部份感受到的是壓力與苦楚，那麼，被愛、愛人都不可能是幸福。

安全感

「我對他很沒有安全感。」

這常常是情侶分手的理由，女孩子尤其強調安全感的重要性。

老實賢淑等於安全!?

到底什麼是安全感?情人該怎麼做才能讓對方感到放心！外表忠厚老實、賢淑端莊者通常讓人覺得比較有安全感，長得太帥、太美的總給人無法掌握的擔憂；男人錢多女人怕他作怪，另一半是窮光蛋又感到生活沒保障。

在愛情裡要求安全感其實滿是迷思。

就像過去許多貌美如花的女性，選擇結婚對象時，因為知道社會充滿不安的元素，男人很容易出軌，為了自我保障，即所謂的安全感，於是找了一個安全的老實人嫁掉；所謂的安全，就是指那些長得不起眼，最好別的女人都不會正眼一瞧的，不然就是呆板無趣，既沒膽也沒錢使壞的乖乖牌，以為這樣的人選一輩子可靠。

萬萬沒想到，原本想像中老實、安全又可靠的男人，或許真的太醜太矮兼太窮，壓根吸引不了在地年輕漂亮的美眉，然而一些在台灣不稱頭的角色，在前進祖國懷抱後，只須少少的開支，便能引來無數大陸美女的青睞，其中還不乏高學歷、身材臉蛋一流的哩！

當初打著安全牌，稱得上校花級的美女，怎會料到一點點的經濟能力，輕易的彌補外貌、教育程度、已婚身份、社會地位、年齡的差距；按照常理來說，他們應該要老實一輩子啊！

男性在選擇伴侶的時候，也免不了類似的思考模式。所以外表光鮮亮麗的美女，在擇偶的過程中並不如外界所想的順利，美麗的外表非但不能為她們加分，反而可能是男方家庭挑剔的部分，原因不外乎是長這麼好看，一定不會老老實實在家相夫教子。

「娶老婆和交女朋友不一樣！」

此乃男性朋友經常掛在嘴邊的一句話。向來喜歡高窕活潑的美女，最後選擇的對象卻平凡無奇的男性大有人在；大概認為，這樣的人循規蹈矩，溫柔包容不驕縱，較適合照顧家庭。

說穿了，都是安全感在作祟，事實上所謂的安全感，根本是自信心的問題。

對於大多數的人來說，忠厚老實、照顧呵護、財富、品德……都是安全感的指標，就連「不要長得太帥或太漂亮」也能鞏固安全感。

安全感這回事，簡單的從外在條件就足可建立，例如金錢。那是否意味具備經濟能力的人便不須依賴對方給予安定的生活保障？當然不，儘管生存不再是婚姻的主要目的，現代女性多的是機會挑選自己心儀的典型作伴，選擇的範圍也寬闊了，仍有人跳脫不了「長期飯票」的思考，甚至只要有錢，任另一半在外頭搞七捻三，搞得自己尊嚴盡失也願意忍啊！

談錢太俗氣，選擇乖乖牌錯不了吧！只不過呀，這樣的安全感更抽象，譬如忠厚老實的品性，誰能保證五十年不變！何況自古俗話早說醜人多作怪。無怪乎，談起戀愛來，大部分的人是患得患失，又哭又笑。

愛情本身就充滿不確定性吧！讓人覺得不安再自然不過，
除了勇敢一點，又能怎樣？

因果

相信因果之說，是虔誠的信仰，或是為情所苦不得不用來安慰自己的說法？欠債當還債，惟獨情債難以計數，欠不得，還不起。

「我上輩子一定是欠你的！」再通俗不過的愛情對白。通俗卻也實際。不這麼思想，是無法解釋愛情裡頭沒有道理、無怨無尤、不合常情的部分。

遇上心儀的典型，男子可以拋下工作時的權威、高社經地位的尊嚴，百般討好，予取予求，出錢出力；即使心知肚明她拿著你給的錢和別的男人國外逍遙，而那個男人還打電話來興師問罪，要你趕快放手。

看在親朋好友的眼裡，莫不搖頭嘆息。

「七、八年了，人家從來沒有體貼你、珍惜你，要錢的時候笑盈盈，平常一副冷若冰霜的面孔，你到底在迷戀什麼？」說這種關係是愛情，不如盲目的迷戀來得貼切。

連她家人都過意不去，叫你別理她。

「我就是喜歡她，沒辦法，就當我前世欺她、負她，這輩子是來把債還清的。」你軟弱無力的說。

不痛苦嗎？是苦啊！好歹是平平順順長大，父母用心栽培出的社會菁英，又不是被虐狂！但久了、習慣了，也不怎麼在意了。

「我只知道愛她、對她好，其它的……不重要；除非她自己開口說分手，到時我絕對不會為難她，不然照顧她是我這輩子責無旁貸的義務。」

女人的宿命論無怨無悔的更徹底。

為了不成材的男人放棄前途、自我、才華、喜好……一心守著他，以他的權益為依歸，視他的喜樂為指標；得不到該有的尊重與對待也無妨，心想至少人在身邊吧！若他毫不避諱、目中無人，女人帶進帶出，不願放手的妳，除了暗暗拭淚，想像著不敢肯定的答案——等他玩累、玩膩了，總有對她死心蹋地的一天！

「這是我該還的情債，今生還完了，下輩子就不用為情所苦。現在不清償，因果輪迴，生生世世，沒完沒了。」

飽嘗苦楚的感情怎樣才算清償完畢？有人說，等到雙方名份已定，名正、言順，事可成。既然愛已苦、情是債，如何正名成事？按照因果之說，負人者名不正的接受別人給予的好處，於情於理皆不合，這樣罔顧道義責任，做人做事自然不會順利成功！而且，下輩子輪到你為情為愛受折磨。

為免輾轉輪迴、糾纏不清，嫁娶是最正大光明的做法。癡情者所求的無非是一個結果，一紙結婚證書通常是他們希冀的報償。

因此結合不能說沒有遺憾，終究是失衡的愛情。「愛情不是人生最重要的部分，維繫兩人長治久安的是親情。」是真理還是可堪慰藉的信條？

所以，更多人相信真正相愛的人不一定會結婚，有緣無份的淒美，或能為有緣有份但激不起漣漪的生活增加些許幻想空間。生活中沒有交集的空間，只好靠自己找尋樂子，精神的、肉體的、名不正、言不順的……

說，你不愛了

認識她的時候，和著剛剛踏出社會尚未減褪的校園氣息，一張臉笑燦如花，稚氣之外，尚有十足柔媚的女人味兒。她啊！最愛談起赴美留學，已交往四年的學長男友。學長學妹戀愛是校園裡必然的佳話，男俊女俏，別人瞧了登對，自己看了對眼。

「老實說，他對我並不特別體貼，感情很淡，我倒是第一眼瞧見籃球場上獨步的英姿便心動了，情竇初開的女生都這樣吧！或許是一種高貴的氣質吸引了我。其實，他不打籃球的，為了和同學有交集才下場，15歲開始他就打網球、打高爾夫球這類學生眼中的貴族運動。」

算起來交往四年，其中兩年她等待他數完饅頭，未曾兵變，沒有異心。

「現在他出國唸書，最少要四年時間，我命中註定成了習慣等待的女人。」

他沒有要求她等待四年呀！她就這麼捨我其誰、想當然爾的等著。

幾年後再遇見她，臉蛋依舊細緻動人，身段一貫的窈窕，燦笑收斂許多，眼神蒙上一層灰霧，不免問起如今的感情生活，訝異的是，五、六年來，竟仍與那位學長糾結纏擾。

「哼哼…別以為我們還是戀人，他從美國一回來就告訴我交了新女友，『妳不會在等我吧？我可沒要妳這麼做喔！』乾脆俐落，不帶感情。」

外表柔媚，實際上個性剛強的她，使盡以往談戀愛時都沒有流露過的委曲求全，好說歹說的苦苦把他求回身邊。男人的心腸軟，耳根弱，給足裡子面子，哪有說不的道理！再怎麼說兩人還有一段過去，不是嗎？

待她一舉擊退新歡，再度擁有初戀的情人，卻狠狠甩掉他。問她如此大費周章，自己得到了什麼？

「看他瞠目結舌，連說話的機會都沒有的快感…只是快感消逝得太快。」

愛情常常無法去計較誰付出的多、誰付出的少，或者公平不公平的；要求分手的人就比較無情！多給一點轉圜空間的方式就仁慈嗎？難道用慢慢疏遠、冷淡的方式，就比較不傷人？

要求分手並不殘忍，講明白不僅對得起自己，也才是真正給對方一個明確的交代，只是冷卻的方式不好太絕斷，馬上就要切去所有聯繫，索回該你的物件…除非兩人都不喜歡拖泥帶水，意志夠堅強，觀念又通達，即使心痛，也不會因為情傷做出損人不利己的舉措。

相愛是兩人的決定，情不自禁的共鳴，相離卻不一定有共同的默契，甚至可能是單方面的心意，不願、不忍、不捨分手的那方當然要問：「你愛我的時候問我願不願意，想分手了，為什麼不問問我就做決定？」

愛情無法以質量、邏輯或任何科學方法運算出合理的解答；愛情絕對迷人，但並不偉大，只不過人生若少了風花雪月、小兒小女的小情小愛，真是索然無味。

既然一定要體驗愛情的魔力，可得學著忍受分手的苦楚，練就承擔的能耐；想要分手的，寬厚一點，給予對方一時仍無

法收回情感，偶爾思念，忍不住與你聯絡的空間；不願分手的人，也請尊重每個人都有不愛了的權利，不論什麼原因，報復別人，戕害自己，只會讓人惋惜、同情。

苦痛是必然，除非早沒感情，在一起是湊和的，否則失去的缺空一下子哪補得起來！咬牙切齒恨過、咒過；淚眼婆娑怨過、哭過，記得找回原有的神采飛揚，一向黯然無光的人，順便趁情變改頭換面吧！一個人活著讓人豔羨總比被人同情來得精彩。

掙脫不開分手陰霾的男女，是用情太深，或受傷太重，也有跳脫不出被拋棄的想法，認定被要求分手便矮人一截，甚至有e世代的小女生以「棄婦」形容遭遇男人主動提及分手的女性，什麼時代了啊！竟然還有如此不理性、八股愚昧的看法。

不管是誰先說分手，有情男女首先要摒除被拋棄的觀念。

失去愛情或許寂寞，但不至於到被拋棄，尊嚴扭曲的地步，也不是誰先開了口就佔上風、有面子；繼續困在一段愛已逝的關係中委委屈屈，失去自我，得不到喜悅與尊重，那才沒面子、沒尊嚴。

分了手的你還愛他、念他，恭喜自己曾經歷美好的陣仗，值得了！同時意味失戀的你有機會換個情人愛愛看囉！一生只愛一人的情話雖然動聽，若死守這句愛的箴言，不是太辜負愛的能量嘛！如果是離開了一位自私、可恨的對象，更該恭喜。

有一句話說的好，「分手讓你多了個機會找到也愛你的人，而他卻少了一個愛他的人」，哎呀！燙手山芋誰撿到誰倒楣。

電視徵婚

能夠上電視擇偶的人確實堪稱非常男女，每每看到排排坐的先生小姐們，在螢光幕前非三從四德即孝順顧家的表現，就教我感到汗顏外加自嘆不如。誰說現代男女交往缺乏誠意真心及傳統的責任感？聽聽他們的見解，你會發覺兩性溝通有多和諧，男婚女嫁的未來將是多麼幸福。

若是天生不幸嘴笨、狗嘴巴吐不出象牙的人上電視徵婚，鐵會落得顧人怨的下場。怎麼說呢？假使有位帥哥坐在對面問妳結婚後如何兼顧家庭、工作？明知對方已透露出希望未來的伴侶做個稱職的家庭主婦，妳還大放厥詞的強調，女人不應讓油煙埋沒自己的才華，哪怕不愁吃穿，至少也要找個兼差的工作玩玩…下一回合等著被跑票吧！

那麼，因為男方的事業才剛起步，經濟狀況有些吃緊，是否介意與他共患難？

「我不是很愛錢的人，而且觀念比較傳統，嫁雞隨雞的幫忙老公、照顧家庭是天經地義的……」

這類犧牲奉獻的言詞當然不可能出自一張笨嘴。如果照實回答說，經濟能力不佳何必趕著結婚！古有明訓：「貧賤夫妻百事哀」，挑老公當然得考慮經濟能力……看看誰要選妳喲！除了那位擔心不能速配成功有失面子的男士。

而最令人感動的部分是，常有男主角因為是獨子或父母年紀大了，便問女主角婚後願不願意與公婆同住？她們總是很識大體的答說本身來自大家庭，很喜歡與長輩相處；或者父母年紀大了，做兒子、媳婦的本來就應服侍在側等等。那婆媳問題怎麼辦？先生的媽媽就是自己的媽媽，只要用心對待便不會產

生摩擦。

每次聽到這種對話，就想喊聲世界真美好，只不過身邊的朋友同事，特別是外表看起來愈乖巧賢淑的小女人，不是早在婚前細心計劃，半騙半拐的逼老公買新房，就是寧可花錢租房子住在外頭；一般人大概也半斤八兩，和非常男女的胸襟與見識比起來，顯得多小家子氣啊！

不過，眾家男女偶爾也有脫序演出。

有一回，女主角要對面的男士老實說：「婚後會不會將所有財產交給老婆管？」被點名的大哥飛快答道：「不會。」發問的女士立即瞪大眼珠反問：「為、什、麼？」看得電視機前面的觀眾眼睛也睜得老大。後來還是主持人打圓場說，男方的意思是會負責所有家用，但希望自己掌管事業，略顯緊張的氣氛才得以舒緩。

話說該位仁兄未免太誠實了吧！他應該學別人一迭聲的說：「老婆賺的是老婆的，我賺的也是老婆的，婚後所有財產全部交給老婆大人發落。」先贏得人氣再說嘛！反正現場沒有人知道你以後是不是說到做到。

像我朋友任職的公司，曾和另外一家同是知名外商的員工集體上電視徵婚，其中一個男的在赴大陸受訓期間，欺騙了不少大陸同胞的感情，同梯的都知道他的風流韻事，但人家就有本事在螢光幕前訴說自己的專情，連無怨無悔、始終如一這類的話都說得出口，果然在那一集節目中表現搶眼。

所以囉！不懂得睜眼說瞎話或嘴笨者，想贏得青睞談何容易，更別癡想人氣旺旺的榮銜，最好自己抱個最佳冷氣獎一邊涼快去吧！

虛擬強姦！

聊天室一隅，沒有實體交纏，聽不見耳畔激動的喘息，更不見熱汗滴落，卻有人和著飛快的鍵盤聲，單調排列但露骨挑逗的文字，釋放了堅挺，渲洩了慾望。

文雅一點的網友寫得含蓄隱約，多的是言詞直接，幾近粗俗，媲美黃色言情小說的內容。

「我知道妳們女孩子都希望被愛、被撫觸、被擁抱，被深入(欲語還羞、欲拒還迎的)，你我都相信性愛該是合一、昇華的，要慢慢的享受、感覺，那是非常甜美酥骨的，讓人想一做再做(妳願意的話)。現在，請閉上妳的眼睛，手放在我最喜歡的地方，慢慢的、輕輕的盤旋，想著我就是你心目中的最愛，妳正和我做最喜歡做的事，輕一點喲~」

諸如此類的。

場景在電腦螢幕裡，工具是KEY IN的手(表面上)，對象不知道是誰，而且最好永遠別知道，因為絕比不上自己幻想的來得完美，冷不防網路特有的青蛙、恐龍從視窗跳入市井，人被嚇到就算了，生理機能自此一蹶不振才慘呢！

CYBER SEX也好，VIRTUAL SEX也罷，虛擬性愛的進行，主要是靠著想像而發生。

贊成並曾經嘗試的網友說，可以接受呀！就算目前有性伴侶，那也只是一種感官性的，網愛則是心靈上的滿足，因為就算一個人再厲害，也沒辦法跳脫自己的經驗範圍。不同的人，能帶來不同的感受，不論聲音或文字，都是一種新的想像，不像朋友做久了，連他什麼時候放屁都會知道，缺乏新鮮感。

「虛擬性愛雖然沒有實際接觸，但是性愛不只有肉體，心靈上的感受更重要，至少，那都在自己的完美的想像中發生。真正的性愛，結束了，留下疲累；虛擬性愛，結束了，卻留下期待。也許，虛擬性愛就是真實性愛所缺乏的部份吧！」

創造力也是虛擬性愛的好處之一，他們說。性交是動物們最自然的本能，不需要任何浪漫的理由，想要就在光天白日下做它一場，多麼直率，所以一般動物是不懂得性幻想的，更別說是虛擬性愛了。要知道，我們人類和牠們是非常不一樣的，雖然許多人是為了好玩與發洩；不過，獨獨人們擁有想像的能力及空間。

「我贊成虛擬性愛！WHY NOT？而且專家也說了，性是一種創造力，一個對性充滿刻板、衛道觀念的人，絕對不會是個思路敏捷、多元思考的人。所以，千萬別放棄你的創造力。」

的確，一個受傳統性觀念箝制的人，只顧著讓自己合乎世俗既定的標準，唯恐在性這檔事遭人非議，鮮有空間活出自我的味道。

「庸碌眾生日復一日過著起床、吃飯、上班上學、回家、睡覺……的生活，人生已經夠單調枯燥的了，那麼，何不讓幻想揚翅而飛呢？」

不錯，想像力、創造力都是足以肯定虛擬性愛的理由，但絕大部分的人，並不需要什麼創造力、想像力，也不覺得同樣是動物的人類該特別到哪兒去，只是因為寂寞罷了……

對於虛擬性愛不敢苟同的網友於是大力呼籲，熱愛此道的人不要再沉迷其中，無論網愛或電愛都是不切實際的，應該要追求更高層次的心靈寄託。

不過呢！最安全的性除了性幻想外，似乎仍是虛擬性愛。不但能滿足性幻想，也可滿足偷情的快感。俗話說得好：「妻不如妾，妾不如偷，偷不如偷不著」。虛擬性愛可以享受那種心理上是偷了，但實際上卻偷不著的刺激。雖說是虛擬性愛，不過也要找個在網路上看對眼的吧！如果不對眼又硬要，充其量只能算「虛擬強姦」。

但是呀！條件不好只能虛擬一下，想要偷腥卻又沒膽，只好偷偷摸摸，還真有那麼一點點沒出息。

「虛擬性愛不但曖昧而且又噁心，想要就來真的，幹什麼透過網路或電話做愛？像隔靴搔癢，一點意思都沒有。」鄙視者如是說。

樂在其中、知所進退的網友亦不少。

唷喝符~有人上鉤囉！要愛愛嘛？來吧！反正你也不知道我是誰，隔著電腦螢幕，把小說情節中的橋段都給搬上去。在A級的聊天室裡，淫穢的字眼稀鬆平常，看的自己也臉紅心跳，網路，把人性中被壓抑的一部份給挑了出來。我用文字來挑逗你、撩撥你，讓你我得到滿足。隔著螢幕你可以要求我做任何事，BUT，僅只於螢幕，至於，給我的電話，我不會打，因為下了線我只忠於我的阿娜答，其他人…免談。

網路上發生的性愛、戀愛當然缺乏實體的存在，只靠文字產生感覺，絕大部份是自己的幻想，常常應驗著一句廣告詞—幻想是美麗的，而現實是殘酷的。人是有感受的，因為眼睛看得到，耳朵聽得見，鼻子聞得到，即使科技再發達，也只是讓

時間與距離縮短，人與人真實的接觸是無法被取代的。

在網路上和人聊聊天、做做愛似乎不值得大驚小怪，不過，已有夫妻因對方與網友進行虛擬性愛，判決離婚的個案，網路戀情影響情侶、夫妻感情的情況愈來愈嚴重，有人甚至荒廢工作、學業，只為上網聊天。

想悠遊網路，享受虛擬性愛，最好有點自制力。

虛擬世界雖然充滿想像，但人嘛～還是得生活在陽光底下，現實生活裡，電腦桌前坐久了，記得出門見見人。

給、不給

對於大多數的人而言，性與愛的問答題很簡單，不容易發生雞生蛋還是蛋生雞的爭論。女人因愛而性，女人是感性兼理性的動物；男人往往因性而愛，是一種感官動物。

男人怎麼能夠因性而愛？癡情女永遠無法理解男人為何會對一具具陌生的女體有著高度性趣，以征服一個個不同的女人為職志(有本事的話)。她們不知道自己也可以像男人一樣悠遊自在，一味顧守著自以為的矜持、清純(蠢)當做引以為傲的身價，殊不知一個女人僅能以此自滿、討好男人，是多麼的可悲，很可能她既不性感又沒有魅力，不夠可愛又缺乏才幹。

女人當然能夠因性而愛！並不是為了和男人賭氣，只不過

容易被冠上惡女之名。

試想，如果妳不愛一個人的身體，沒有辦法從完全的、赤裸裸的肢體接觸激盪出極其肉慾的貼近與舒適的親密感，怎麼可能愛他的表相或靈魂？

反之，經由美好胴體產生更深厚的親密度及好感，不足為奇。若是相愛的兩人不幸性趣不配、性致不合、感覺不好，真能粉飾太平嗎？

因性而愛並不表示誤以為性就是愛，總比有的女孩子把性當做討好男孩子的方式，根本不知道自己要什麼或不要什麼—不做，害怕男生不愛她，做了，又擔心人家目的已達甩掉她！當女生可以突破這樣迂腐愚昧的觀念，將歡愉的權力、方式操之在己，就什麼都不必擔心了。

不少女孩子非常在意自己給別人的感覺夠不夠矜持、含蓄，往往因而不敢表達自己的感情、慾念，說來說去就是擔心男生的眼光，怕吃虧、怕賠本，這樣一股腦兒的把虧啊、賠的字眼往身上攬，終其一生才要低人一等。

或許那些自認夠矜持、夠保守、夠被動的女孩忍不住要抗議：

「真正的好女孩在這兒呢！」

世界往往並不如她們所想的公平，多得是敢愛、敢恨、敢性的所謂惡女，不乏忠厚老實的男人真心相對。

表面一本正經的男人也不免要說：

「哎呀…女人和男人不一樣啦！」

哪裡不一樣，別再自我安慰了，懂得享受性愛，不甩男人怎麼想的惡女將愈來愈多，難道還要拿處女膜、烈女不事二夫的主張加以恫嚇；若仍有女性深為這類衰敗的觀念箝制，豬頭就是妳啦！

中國人自古是群婚雜交的，或因生殖器崇拜、生育讚嘆、純粹享樂，上流社會多過著荒淫無恥的性生活，為了文明社會的發展，才實行婚姻制度，但一直是愛做的人多，敢講的少，睜眼說瞎話的也大有人在。

時代進步、觀念變遷、情慾開放，並不是鼓勵現代女性揭竿做惡女，當惡女是有條件的，這樣的女人不以性為某種目的，有勇氣、能力為自己負責，不以此為箝制、犧牲的工具或手段，性不再是給不給的問題，而是妳要不要；不管妳的情慾是保守還是開放，都是照妳本意所想。

好馬不吃回頭草！

分分合合乃情場常事，雖然古有明訓：「好馬不吃回頭草」，但我說人活得好好，為什麼不吃回頭草—大風起，把頭搖一搖…不怕風不怕雨，立志要長高，雨停了，抬起頭，站直腰…你看看，這就是小草的精神，多麼可敬呀！如果草兒肥、馬兒壯的，兩廂情願，吃吃回頭草又何妨！況且要教馬兒肥，怎能讓馬兒不吃草哩！

話說回來，之所以和無緣的那個人分手，不就是合不來嘛！何必再牽拖呢？揮揮手不帶走一片雲彩就是了；本事高強者另尋新戀情都來不及了，吃什麼回頭草呀？

「身邊沒人，湊合著用吧！反正是他求我的。」

「其實我還愛著他！」

「情人還是老的好。」

願意回頭，多半是舊情難忘，心裡還愛著對方吧！有機會大復合未嘗不是一件好事，本來嘛～會讓人分了想合、合了又分，一定是集可愛與可恨於一身的人，為愛掙扎是免不了的。

想當初懵懵懂懂戀愛、糊里糊塗分開，多年後相遇，回首往事，才驚覺那人就在燈火闌珊處，未嘗不是理想的境遇。各自展開另一段旅程的兩人，經過時間的淬練，幸運的話，已從每一段的愛情學會如何包容、付出與關懷，再回頭看待彼此，將更清楚自己對愛情的要求以及最看重的部分，有助於經營一段有點熟又不會太熟的關係。

然而打死不吃回頭草的也大有人在。

「分手除非是被逼的，不然絕對不可能分了一段時間後又吃回頭草，就算吃了，也不過是暫時的。」

「就是不合才會分手，何必呢？即使為了對方而改變，但本性難移~」

「要分手的是他，豈能讓他說來就來、說走就走！」

尤其明明是一對互相吸引的情侶，相處在一起卻是格格不入，氣煞人也，戀情很快的莎喲娜拉不過意料中事。然後，一方舊愛難捨的找上門，基於強烈的喜愛，決定試著再走走看，但相同的問題依然存在，短暫的歡樂敵不過更多時候的不滿，再度分手並不意外；過了兩、三個月，想到對方可愛的笑容又：於是來來回回、正正式式、分分合合數回，簡直令人吐血。

至於結局啊！當然是永遠不回頭。開玩笑，一直回頭吃草，脖子很酸耶！脖子一酸，表示氣血循環不佳，血路一旦不

通，身、心、靈全是病痛，愛情毒瘤絕對讓你倒大楣！不趕快鏟除，命還要去掉半條。

人的一生中得面臨許多選擇，愛情自然是其中的一大課題，而抉擇時的心情、態度及觀念極有可能隨著年齡成長或個人歷練改變，既然決定吃回頭草，總希望彼此能夠更了解、更珍惜這段感情，不然下次分手說不定更難看。分分合合很是累人，輾轉的過程更是身心一大折磨，草率的決定復合不僅解決不了原有的感情問題，反而會強化之前的不良印象。

為了復合試圖遷就對方，更是毫無幫助，用不了多久兩人都要現出原形。至於分分合合超過兩次以上，奉勸小倆口算了吧！縱然他才高八斗、英俊挺拔、美豔絕倫，教人百般留戀，不合就是不合，勉強在一起只是徒增困擾。

最重要的是，不管吃不吃回頭草，自個兒都是青翠的好草。

你快樂，我快樂

應該是這樣的吧！因為在乎，所以關心，你餓嗎？渴了還是冷了？工作順不順利呢？你快樂得意，我也隨之起舞；你憂愁煩心，我沒勁兒獨自享樂，想說或許能為你做些什麼。相信其中定是真愛。

喔喔！別說得太早。你快樂，我快樂，那你不快樂？是不是以為我也要盡其可能的附和。因為不再在乎，愛已消褪，所以就要毀滅。

同時犯了過份高估與低估的毛病呀！何以認為做出破壞、攻訐的舉措，便得抓住要害，致人於萬劫不復？是高估了自己。

你以為恨人能夠令其痛苦、下場慘痛，卻不知，人家早已

對你沒感覺，難道還會繼續為你笑、為你哭？偶爾還會回想到的美好片段，也早被那原形畢露不高尚的德性、猙獰的面孔、狹窄的心胸，摧毀殆盡，勉強所剩只是避之唯恐不及的厭惡、鄙夷。

為免和你牽連，多少會造成不便，電話要換、E-MAIL得改、出入須防範，那都是一時的；而你竟是窮極無聊，全心全力只為對付「仇敵」。

或者，用些死纏爛打、一哭二鬧三上吊的老步數，頻頻騷擾，不甘心曾經的付出，死硬認定「你是我的，怎麼可以…」可能，拗不過這番糾結，得到了同情、不忍、不耐的安撫，暫時而已。

你不快樂，是你的事，這廂甩開不適合的包袱，輕鬆愉快，說不定早已另覓春天，樂得逍遙。是低估了別人的意志。尤其低估了自己也該有沉澱治癒的能力，不然何須如此狼狽！

不是雲帆

是基於權威的崇拜、戀父的情節、穩重的依靠，或是愛情小說的浪漫荼毒呢？讓花樣年紀的女孩愛戀大上自己十幾二十、三十歲的老男人！

比較客觀條件，尋常人家的男孩自然比不過歷經世故、成熟練達、見多識廣，口袋應該有些錢，有房有車，還有那麼點風度翩翩的「長輩」；校園裡的陽光少年、剛剛步入社會的年輕小輩，穿起西裝，骨架都撐不住，走起路來還肩膀歪歪斜斜，兩腳一拐一跳呢！性格有型的姑且稱做酷。

兩小無猜式的戀愛可以為了雞毛蒜皮的無聊事笑到不行，因為一起計劃旅行而興奮，同樣的笑話講了八百遍也不膩。有

時候嫌日子過得平淡，吵吵架、鬧鬧脾氣走人，他會緊張的追著，像小說裡的男主角那樣大力搖晃妳的肩、抱住妳的人，又是氣又是哄的說一句：「不要生氣啦！都是我不對。」

世故的男人帶著理解而溫暖的眼神，吃著高級餐廳的主食，欣賞女孩訴說洋溢的青春；他不忘點上講究年份的紅酒，極富品味的分析法國某年某月葡萄的收成如何，口感是甘或澀；妳自以為可愛俏皮的言行，被慈祥超然的看待；嘔氣了，他仍然風度十足，不會在大庭廣眾下有失進退，也絕不可能倉皇的在風中追逐妳，他會包容妳的少不經事，慢慢用道理說服妳，不辯解、不生氣。

終歸是閱歷豐富呀！做人處事都有一番哲理，極易打動青春懵懂的心，滿懷崇拜、學習的意志，感佩聆聽。

機伶可造就者，社會小小打轉一圈，應該學會懂得有所體會了，再要聽長輩老生常談話當年，每次都說同樣的話，去同樣的地方，老是重覆那些根本和妳不相干、不可能參與的過去以及沒有機會認識的朋友；勉強參加他們的聚會，有如置身同鄉會或退除役官兵委員會；妳喜歡談風花雪月，他們還在論兩蔣；難得出去走走，他年輕時什麼好玩的地方沒去過！玩不動也沒興致，只想窩在飯店高談闊論。

不用太久，妳便覺得日子過得像是在養老。

想想愛情小說裡多金成熟的男子並非如此啊！他們大多長得像瓊瑤筆下「一簾幽夢」的男主角費雲帆──一個可以連彈吉他十幾小時磨破了手（弦沒上油），直到十九歲的女主角意識到訝然叫停……

雲帆會跑會叫，必要時，追著女主角海邊踏浪、雪地翻滾，或者用力搖著她的肩頭咆哮著：

「妳好殘忍！」

他形影滄桑，神秘迷人，周遊列國，詩情畫意、有錢有心—耐心、愛心、恆心、浪漫的心…赤子之心應該也保持的不錯，上山下海樣樣行，滑雪、品酒、寫詩、作曲…渾身充滿驚奇，重要的是，他懂得品嘗COGNAC，同時精力無窮的陪伴佳人徜徉法國農莊的葡萄園。

那是小說中的主角，適合找像劉德凱般挺拔冷峻的演員，恰如其分的扮出憂鬱的氣質，無悔的深情，而現實生活中的長輩啊！他們不是雲帆。

你結婚了沒？

夜晚時分，如果打了通問候電話給許久未曾聯絡的朋友，「你要結婚啦」通常是對方的第一反應，好像不為紅色炸彈，即乏善可陳。

生活周遭這樣的人可多著。有一位認識十幾年的鄰居很扯，每次見面都可以問一樣的話「什麼時候結婚啊？」，從妳二十歲不到問到三十歲，問到讓人覺得避之唯恐不及，一見到她就厭煩，不是煩自己還沒結婚，而是怎麼有人活得這般無趣，難道她的生活除了隨口一句結婚了沒？了無新意。每天晚上她和老公打鬧嘶叫聲傳徹整棟樓，也沒有好事者每每見著了就問「昨天妳和老公打架了沒呀？」

雖說鄰居互相寒喧是好事，但如此千篇一律、徒增不耐的招呼，能免則免吧！一個微笑、禮貌的點頭，勝過這樣擾人、不帶真心的習慣用語。

不論如何，結婚宴客總是喜事一樁。老一輩的人慎重其事的將禮金簿收存，待收到別人的喜帖包還相同的禮金，這是基本禮數，不好再去計較通貨膨脹、幣值不等的問題。

「先結婚比較吃香，不結婚……錢都嘛收不回來。」

禮到人到、禮到人不到、一禮還一禮、有禮、無禮，煩惱啊！

前幾年一個出了名小氣的女同事要結婚，大家當然是抱著祝賀的心情準備參加喜宴，但這位小姐喜餅不給就算了，她的說法是：

「我們兩邊的親戚加起來太多了，最少要訂八十盒，所以想說把錢省下，好好去渡個蜜月。」

誰家結婚熟的、半熟的、不熟的親朋好友加起來的數目不多啊！其實，這沒關係，一大盒喜餅吃多了反正嫌膩，怎知她連喜帖也不發，僅以電話連絡確定人數。

「我們這麼熟了，何必送喜帖，妳只要跟我說那天會不會到就行了。」

好歹也讓同事、朋友看看新郎新娘的照片和帖子設計嘛！顯而易見，既然她節儉到底，亦無可能拍婚紗照、做幾張美美的回禮卡。還好當天正好有事，半點不掙扎的選擇缺席；幸好沒去呢！據說，請客的餐廳是俗擱大碗那種，菜色湯湯水水，一桌擠了十二個人，吃不飽、坐不穩。

辦桌之事需計算，赴約的人何嘗不是！有位人緣極佳的女同事結婚，請客的地點在五星級飯店，並邀請政商名人證婚，排場不小。不熟的部門，幾個人尚且合包了一些心意，倒是她部門的主管、同事，為著每個人要包兩百塊，討論半天，還要助理沒命的催討，幾個大男人耶！難看極了。

倘若發喜帖的人是認定了一份交情，而接到帖子的人所想的不是藉著婚宴與老友、好友齊聚一堂，淨計較是否能夠少包幾百塊的禮金，不請也罷！

相對的，亂扔紅色炸彈的也大有人在，甚至擺明了是要湊小孩的奶粉錢，只不過，請的餐廳太差，連瓜子都沒得啃，不到幾個月又要辦滿月酒，將朋友的善意當做癡蠢，實在沒道理。

「你結婚了沒？」

有沒有別的開場白呢？何不等人家興高采烈的高聲告訴你……

「我要結婚了！」

到時再為她歡喜、替他擔心也不遲！

傷疤

牠，後一口、前一口、左一口、右一口，牠一口又一口，至少狠咬了十幾口！在不美但無疤的右小腿，留下四個深入的囓痕，左右手臂則有撕裂的傷痕；牠以為攻擊的是剛剛發好、熱騰騰的白色銀絲卷？

當牠準備伺伏到背部之前，神情是詭異的，詭異的是那出奇地平靜，夜空下的眼睛乍然閃動，不似一開始接觸牠的時候，跳躍咧嘴間，或撲或叫，總是容易弄痛人，不可預知的攻擊性明顯可知。於是也就疏忽了防範。

從背後襲來的啄擊叫人驚聲尖叫，劃破寂靜夜晚裡細瑣的聊天聲。可能是著力點不易使勁，突如其來的攻擊，並不讓人特別感到痛，一剎那間，並不確定那會是什麼，接著一次又一次……待具體察覺到，除了恐懼失聲，有何能力停止慘烈的傷害？

擔心感染破傷風，打了一劑針，聲音因為不自覺得哭喊尖叫啞了一個月，鮮血直淌的腿傷，止血包紮後，經過月餘終究結痂褪色，運氣好的話，過了一季冬天，大部分的疤痕可淡到肉眼難辨，但要完全不留痕跡大概是不可能的，而心理上的陰影及傷害雖會隨著癒合的時間淡去，驚恐無助的記憶卻難抹滅；傷透心的是妳從來是愛護有加，不曾傷害過他們的。那一次次的侵啄，像是有人拿刀刺殺了十幾下一樣。慘烈的遭遇，聽聞的朋友皆搖頭結舌。

「怎麼不打牠呀！對付這種惡犬就是要狠狠地揍回去，或者拿棍子敲死牠。」

不可能啦！別說當時一絲反擊的念頭都沒有，唯一想到的只是閃躲，事發後也絕不會這麼想，畢竟是愛狗的，善後問題也由狗主人自行解決，因為茲事體大，咬到自己的朋友，所以不計較，換作別人，醫藥費、傷害責任可不容易擺平，傷人在先的狗說不定當場就被報復打死了！

狗主人說，那隻惡犬是欺善吧！平時牠老愛追人、追車，亂吠一通，多次遭鄰居通報請衛生局抓走，不然就是遭人持棍棒毆打，只差沒拿開山刀砍殺。究竟是因為素行不良欺人太甚，或是被傷害過所以變得凶殘，見對方不具威脅性便肆無忌憚？這都不能構成傷害別人的理由。

愛情中的傷害不也如此。即使你不想、不願意傷害別人，往往卻控制不住殘酷事實的發生；從不傷人但缺乏堅強防禦能力者，有可能在毫無預警，或是明知有危險、異狀的情況下，奮不顧身、自欺欺人的迎向前去。

懂得自傷害過程中累積經驗的人，傷過、痛過、淌血過，愈戰愈勇，哪怕傷痕累累，終會褪去，剩下的是時間問題；學

不會教訓的，自怨自憐，心存報復，屢戰屢敗，舊傷剛好，新傷復來，自虐罷了！

傷疤只要悉心治療，美白呵護，總能恢復一定程度的原貌，再現光采，而看著無法完全消失的痕跡，雖然曾經無瑕，但已回不到從前，也只好坦然面對吧！很多事不實實在在去經歷，甚至受傷、結疤、退痂，怎能留下深刻的體認，變得更勇敢呢！

當然，這並不容易～喂…喂對面的黑狗兄…你…別靠近我…我手上拿的這袋可不是鹹酥雞……

全球狂賣超過3,000,000本。持續增加中！

皇室的傲慢與偏見——黛安娜的生與死

■售價：360元

這是唯一由黛安娜生前口述的歷史見證，道出她一生受挫於皇室的傲慢與偏見中。當她踏入古老的皇室系統中時，就註定了要被童話故事的美麗外衣所籠罩，公眾所看到的微笑與美麗背後，其實隱藏著一顆寂寞的心。她受錮於皇室的種種制度與教條，被無情淡漠的皇室人情所冷落，更屈身於社會大眾假想的幸福婚姻。所以，她必須一再地犧牲自己的角色與野心，而存在於皇室的傲慢與群眾的偏見之中。

她的婚姻與愛情，始終是群眾追逐著想知道的焦點，同時也都給予不同的評價。但她不甘心就此虛度人生，所以，秉著她勇敢堅強的個性；憑著她善良慈悲的心性，毅然地走出陰影投身公益，獲得人民的愛戴與推崇。

這本書之所以感人，就在於我們能深入黛安娜的一生，看她是如何的掙扎，如何從封閉守舊的皇室中走出來，如何用她的心在愛人與愛這個世界，最後又如何為自己找到生命意義的過程。

她是個活在鎂光燈下的女人。雖然，最後的美麗仍是葬送在這個閃耀的舞台，但對於她的一生而言，卻留下了值得讚頌的永恆價值。

■售價：199元

（32開，彩圖精裝摘錄本附CD）

現代灰姑娘——黛安娜傳奇性的一生

首度公開十二個影響她生與死的驚人事件

首次曝光二十八幀她成長過程的珍藏照片

◎黛安娜傳（1999年完整修訂版）

PRINCESS OF WALES

作者：安德魯・莫頓

定價：360元

威爾斯之星的誕生與隕落

附黛安娜王妃珍貴彩照80幀

「這是本現代經典之作，該書甚至對主人翁本身也產生重大的影響。」——
大衛・撒克斯頓，倫敦標準晚報

黛安娜～一顆璀燦的威爾斯之星，她的風采與隕落，帶給世人多少的驚歎與欷歔。黛妃從1981年與英國王儲查理王子結縭，到1997年8月31日車禍身亡，十七年的時光裏，她一直是世人目光的焦點。在黛妃的一生中，嫁入皇室是榮耀的開始，卻也是寂寞宿命的起始。本書主要描述三個主題：黛安娜的貪食症、自殺傾向以及查理王子跟卡蜜拉之間的關係，徹底揭露黛妃長期於虛偽的皇室中以及在媒體偷窺追逐的壓力下，如何尋找自信與追求自我價值的真實動人歷程，為作者安德魯・莫頓最膾炙人口的一本著作。

安德魯・莫頓曾創造了許多暢銷書，並且獲頒許多獎項，其中包括年度最佳作者獎及年度最佳新聞工作者獎等。本書更為所有介紹黛妃的著作中，唯一詳實記載黛妃受訪內容的一本傳記書籍，其訪談深入黛妃的內心世界，是為黛妃璀燦卻又悲劇性短暫的一生完整全記錄。值此黛妃逝世兩週年之時，讓我們重新認識她那不被世人所了解的一生，領會其獨一無二的風采與智慧。

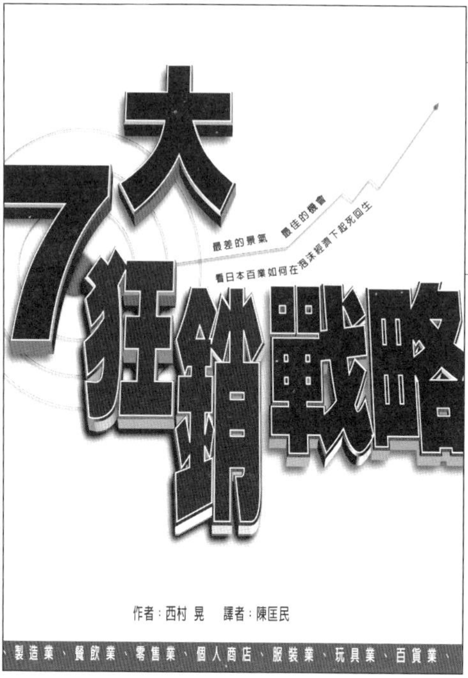

工商企管系列009（CM009）
作　者：西村 晃
譯　者：陳匡民
定　價：220元

七大狂銷戰略

經濟再景氣，還是有人倒閉；經濟再不景氣，還是有人大發利市！近年來在亞洲金融風暴的影響下，亞洲各國企業均面臨嚴重危機。日本雖也面臨衝擊，但許多企業及商家卻能在風暴中起死回生。

西村　晃曾擔任日本NHK及東京電視台財經節目主播，負責剖析全球經濟情勢，並同時從事專欄寫作、巡迴演講等，為日本極負盛名之財經顧問及經濟評論家。西村 晃在本書中，以專業背景介紹這些在各行各業中起死回生的企業及商家其獨到的經營及行銷方式，並以其多年來對經濟的獨到觀察與研究，歸納出有效行銷的七大戰略，打破所謂企業倒閉是因為經濟不景氣的迷思，對也面臨經濟衝擊的台灣企業而言，為一相當實用的企管行銷參考書籍。

30分鐘系列

行動管理百科

隨身版 正式上市

掌握行動力　贏在起跑點

讓你　隨身攜帶、方便閱讀

使你　提昇工作力、創造競爭力

教你　彈指之間EASY面對全方位挑戰

30分鐘教你

① 提昇溝通技巧	② 自我腦內革命	③ 樹立優質形象
④ 錢多事少離家近	⑤ 創造自我價值	⑥ Smart解決難題
⑦ 如何激勵部屬	⑧ 掌握優勢談判	⑨ 如何快速致富

KOGAN PAGE

英國知名財經企管出版公司

全球千禧暢銷鉅著

30分鐘管理百科（共9冊）

原價：990元，

9本合購特價799元，

另贈歐式精裝布面行動管理手札。

請沿虛線剪下，對折裝訂後寄回

北區郵政管理局
登記証北台字第9125號
免貼郵票

大都會文化事業有限公司
讀者服務部　收

110 台北市基隆路一段432號4樓之9

寄回這張服務卡(免貼郵票)
您可以
◎ 不定期收到最新出版訊息
◎ 參加各項回饋優惠活動

請沿虛線剪下，對折裝訂後寄回

大旗出版·大都會文化

讀者服務卡

書號：**CT003** **愛情詭話**

謝謝您選擇了這本書，我們真的很珍惜這樣奇妙的緣份。期待您的參與，讓我們有更多聯繫與互動的機會。

讀 者 資 料

姓 名：______________________ 性 別：□男 □女

身份證字號：______________________ 生日： 年 月 日

學歷：□國中 □高中職 □大專 □大學（或以上）

通訊地址：________________________________

電話：（H）__________________ (O)__________________

※ 您是我們的知音。所以，往後您直接向本公司訂購（含新書）可享八折優惠。

1.您在何時購得本書： 年 月 日

2.您在何處購得本書：

□書展 □郵購 □書店 □書報攤 □便利商店 □量販店 □其他__________。

3.您從哪裡得知本書（可複選）：

□書店 □廣告 □朋友介紹 □書評推薦 □書籤宣傳品等

4.您喜歡本書的（可複選）：

□內容題材 □字體大小 □翻譯文筆 □封面設計 □價格合理

5.您希望我們為您出版哪類書籍（可複選）：

□旅遊 □科幻 □推理 □史哲類 □傳記 □藝術 □音樂 □財經企管 □電影小說 □散文小說 □生活休閒 □其 他

6.您的建議：________________________________

____

____

愛情詭話

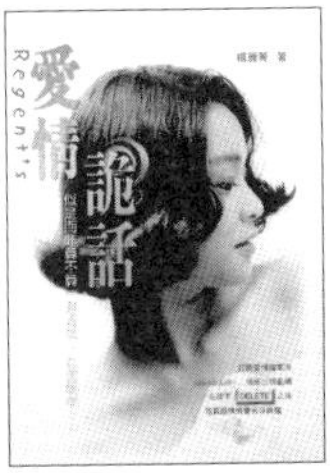

作　　者　楊麗菁
發 行 人　林敬彬
責任編輯　趙　濰
執行編輯　方怡清
文字編輯　楊蕙如
美術編輯　張美清
封面設計　張美清
出　　版　大旗出版社　局版北市業字第1688號
發　　行　大都會文化事業有限公司
110台北市基隆路一段432號4樓之9
讀者服務專線：（02）27235216
讀者服務傳真：（02）27235220
電子郵件信箱：metro@ms21.hinet.net
郵政劃撥帳號：14050529 大都會文化事業有限公司

出版日期　2001年8月初版第1刷
定　　價　170元
ISBN　957-8219-37-7
書　　號　CT003
Printed in Taiwan

大都會文化 METROPOLITAN CULTURE　大旗出版 BANNER PUBLISHING

國家圖書館出版品預行編目資料

愛情詭話 / 楊麗菁 作. -- -- 初版. -- --
臺北市： 大旗出版： 大都會文化發行,
2001
〔民90〕面；　公分

ISBN ：957-8219-37-7(平裝)

855　　　　90006986

愛情詭話
Regent's

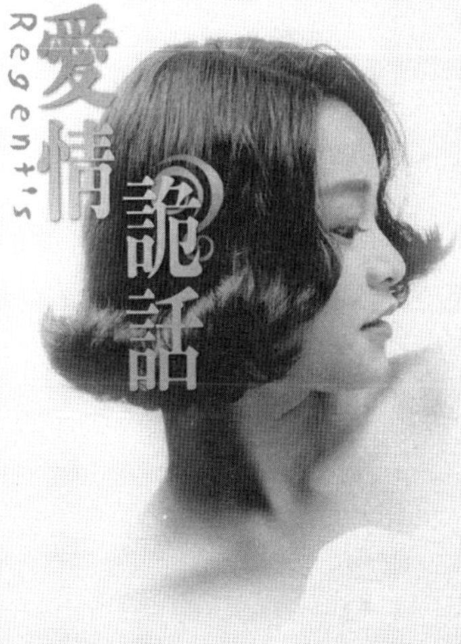
愛情詭話
Regent's